人生最美是初心

宁新路◎主编

女性纯情美文集萃

红旗出版社

红旗出版社
HONGQI PRESS
推动进步的力量

图书在版编目（CIP）数据

人生最美是初心 / 宁新路主编.
—北京：红旗出版社，2018.12
ISBN 978-7-5051-4801-7
Ⅰ.①人… Ⅱ.①宁… Ⅲ.①散文集—中国—当代
Ⅳ.①I267
中国版本图书馆CIP数据核字(2018)第239316号

书　　名	人生最美是初心		
主　　编	宁新路		
出 品 人	唐中祥	特约编辑	刘德荣
总 监 制	李仁国	责任编辑	赵智熙
插　　图	邢　洋	装帧设计	温清河
出版发行	红旗出版社	地　　址	北京市沙滩北街2号
邮　　编	100727	编 辑 部	010-57274504
E-mail	hongqi1608@126.com	发 行 部	010-57270296
印　　刷	大厂回族自治县德诚印务有限公司		
开　　本	710毫米×1000毫米	1/16	
字　　数	255千字	印　　张	17
版　　次	2018年12月北京第1版 2018年12月河北第1次印刷		
ISBN	978-7-5051-4801-7	定　　价	56.00元

欢迎品牌畅销图书项目合作　联系电话：010-57274627
凡购本书，如有缺页、倒页、脱页，本社发行部负责调换。

本书编委会

主　　编

宁新路　　小说家、散文家，《财政文学》主编，中国作家协会会员，中国散文学会副秘书长、财政部中国财政文学会副会长兼秘书长；著有长篇小说、散文作品14部，长篇散文获第26届中国新闻奖一等奖、第五届冰心散文奖、第二届孙犁散文奖大赛一等奖等数十项文学作品奖；长篇纪实散文《一位财政部长的两份遗嘱》发表后，在社会上引起强烈反响，得到中央领导同志的高度重视和重要批示

执行主编

刘德荣　　全国“书香三八”读书活动编辑部主任

委　　员（以姓氏笔画为序）

文雪梅　　中国散文学会会员，陕西省作家协会会员，陕西省陇县作家协会副主席，荣获第八届冰心散文奖

方长英　　安徽省作家协会会员、上海铁路集团公司作家协会理事

尹　慧　　哈尔滨市作家协会会员、哈尔滨市作家协会儿童文学创作部副主任、鲁迅文学院学员、《家报》情感专栏作家

宁　雨　　本名郭文岭，《当代人》杂志主编，中国作家协会会员，河北省散文学会副会长，荣获第27届孙犁散文奖

闫　语　　黑龙江省作家协会会员、萧红文学院作家班学员

许　放　　中国诗歌学会会员、中华诗词学会会员、黑龙江省作家协会会员、黑龙江省诗词协会会员、大兴安岭作家协会会员

孙昱莹 中国作家协会会员、长春市作家协会理事，吉林省文联干部，鲁迅文学院学员

李子燕 中国作家协会会员，吉林省榆树市作家协会主席、吉林省残疾人作家协会主席，鲁迅文学院学员

杨泉珍 湖南省常德市作家协会会员，萧红文学院作家班学员

邹安音 中国散文学会会员、中国报告文学学会会员、四川省作家协会会员，鲁院西南第五届青年作家班学员，荣获第八届冰心散文奖

沈 燕 中国散文学会会员、中国铁路作家协会会员、安徽省作家协会会员、上海铁路局作家协会理事，黄山市屯溪区作家协会副主席

张昱煜 江西省作家协会会员，吉安市作家协会副主席，鲁迅文学院国土资源文学创作班学员

季 纯 本名韩雪梅，中国散文学会会员、陕西省作家协会会员，宝鸡市陈仓区作家协会秘书长

郑能新 中国作家协会会员、湖北作家协会全委委员，黄冈市文联副主席、黄冈市作家协会副主席

姜皓雪 文学硕士，中国语言文学专业讲师

党莉岩 国家高级人力资源管理师，全国“书香三八”读书活动书香天使

彭文瑾 中国散文学会会员，湖北省作家协会会员，咸宁市女作协副主席，鲁迅文学院学员

喻贵南 中国诗歌学会会员、长沙市作家协会会员

谢娜利 湖南益阳市作家协会会员、宁乡市诗散文协会理事，《中国新农村》月刊杂志社网络编辑

睢 雪 吉林省作家协会会员、长春市作家协会会员，吉林省妇联调研员

魏世英 兰州市作家协会会员、中国石油兰州石化公司文学社理事

序言

冬春无异色，朝暮守初心

初心是做事的本心、最初的发心，像水滴一样晶莹剔透、纯真无染。然而，正如《诗经》所言："靡不有初，鲜克有终。"人们做事之初激情澎湃，随着时光的流逝，不知不觉间，往往迷失最初的善良本性，结局相去甚远。人生似一场四季之旅，"路漫漫其修远兮"，初心更显可贵而美好。

《人生最美是初心》一书，是一部女性纯情美文集萃，由全国各地20多位作家专门为全国第七届"书香三八"读书活动创作的活动用书。

旖旎春如锦，初心韵自高。女性从三月里款款走来，身带微风把大地轻轻唤醒，草木复苏，期待着一场花事。女性是世间最富足的快乐，囊括生命所有的情愫，用神奇的文字书写最美的诗篇，让整个世界惊叹；女性被誉为造物主对美的凝缩，而在历史长河中，女性之美也随着时代的变迁而改变，呈现出与时俱进的人生使命。最美是初心，让纯真的初心与质朴的文字相遇，去萌生令人感动的诗情画意，执笔抒情，妙笔生花。

芳菲夏如火，初心梦更红。生在人世间，谁没有做过"梦"呢？或许我们每个人都很平凡，但在生命延续的过程中，女性追梦的鼓点又何尝普通呢？那娇小的身影看似柔弱，却藏着强大的心灵，用单薄的肩膀托起了多少悲喜人生：在医疗战线上的女性，用南丁格尔的慈祥之灯，燃烧自己照亮别人；在服务行业的女性，像一颗不可或缺的螺丝钉，忠于职守，兢兢业业；在教育岗位上的女性，传道授业解惑，践行着新时代为师者的风范；在创业路上的女性，以苦为乐，拔剑扬眉，用激情弹奏着拼搏奋斗的旋律……盛夏百花齐放，万紫千红，每种芬芳都发自初心，始于绽放，其深度和广度让梦更美好。

斑斓秋如海，初心壮情怀。伴随初秋的脚步，一篇篇充满温度的文章，通过网络发送到“书香三八”编辑部，美不胜收。清香旖旎的春之韵，清雅璞玉杨柳依依，诉不尽希望之美；胸吞百川的水之湄，激涛穿岩笑看风云，舞不尽豪情之美；猗兰香远的尘之迹，岁月清浅玉指拂尘，写不完淡然之美；浩然正气的善之行，冰消雪融一片赤诚，道不尽人性之美；美美与共的和之风，礼让谦卑，诸事融洽，赞不完友爱之美；春晖和煦的草之意，情真万里滴水涌泉，说不够感恩之美；死生契阔的爱之恒，霁月光风共奏箴言，唱不尽真爱之美；共漫花枝的叶之语，相敬如宾，白头偕老，看不厌恩爱之美；青春无悔的美之最，是花落尘静时的嫣然一笑，是诗意栖居的惬意，是追梦路上的拼搏与汗水……好文何幸获初心？作者们精心打磨，把人生路上的喜怒哀乐、爱与被爱、梦想与收获倾注笔端，字里行间皆是美。

银装冬如素，初心质本洁。梅落繁枝千万片，雪花翩然传喜讯：《人生最美是初心》付梓！洋洋洒洒20多万字，讲述新时代女性守初心绽芳华。阅读一本好书，犹如沐浴和煦春风，让你神清气爽。愿这本书能与更多的女性朋友相遇，细细品读，甜美地享受文字轻抚心灵的舒适。

冬春无异色，朝暮守初心。《人生最美是初心》是“书香三八”读书活动组委会的最美初心，更饱含着各位作者纯真无染的深情。

四季在人生路上次第轮回，梦想在春夏秋冬里日渐丰满，不忘初心，方得始终。翻开本书，共同开启最美的悦读之旅，或激情澎湃，或高山流水，歆然初心会，触处似花开。

李子燕

2018年11月

目 录

心若春旖旎

胸吞百川流

玉指拂纤尘

善心映日月

相与濡和风

春晖当相报

恒爱一线牵

执手漫花枝

花落尘埃静

【心若春旖旎】

千般袅娜万般意
燕语呢喃
杨柳依
邂逅初心浔计处
自有清香旖旎

心若春旖旎

◇宁雨

六九第二天。芳妹说，上海的蜡梅已是暗香浮动疏影横斜了。石家庄的梅，却坚定地抱紧着一树瘦蕾，不肯多流露一点儿花信。那梅园旁的碧桃，一串一串青黑的小骨朵，对于时令更是一副爱理不理的样子。

说实话，那些个含苞的梅，病恹恹的，灰头土脸，还有碧桃的骨朵，青涩懵懂，真说不上美，甚至算得丑兮兮的。然而，每路过它们，总是不由停下脚步打量一番，心底生出缕缕柔情和希冀，仿佛见到春天正袅袅婷婷走来。

这个冬天，怎过得那么快。记得数九那天，想起古人画梅消寒和描摹"亭前垂柳珍重待春风"的趣事，还翻来覆去考虑要不要学着风雅一下。最终还是简化了，就在单位或在家里书房的记事本子上，每天写上某日，几九第几天，阴晴如何，气温多少云云。写着记着，整个"九天"便去了一半多。

今天路过小市场，小贩们正扯着嗓子叫卖年货，青椒、茄子、西葫芦、黄瓜、韭菜、蒜黄，黄鱼、梭鱼、带鱼、鳕鱼、鲅鱼，还有大白菜、荞麦糖，逶迤一条街，红腰带、虎头鞋、福字、剪纸，在幽幽的晨光里显得格外红艳。有

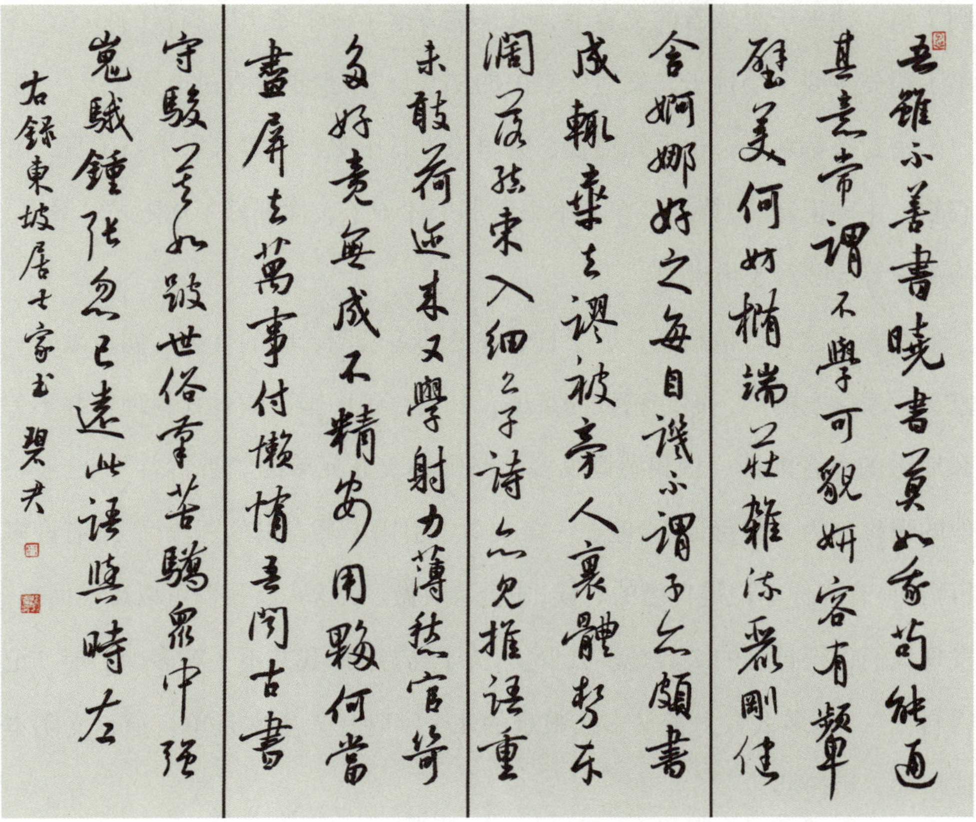

《与子由书》（行书）朱芳琳　湖南省常德市澧县第二中学　一等奖

个卖松花蛋的，特逗哏，他一遍又一遍地喊：“要发家，吃松花……”声声叫卖，让我再一次确认已到年根底下了。过大年，吃着耍着闹着，说着恭喜发财之类的吉利话。新春，不总是这样开始的吗？

在人间，烟火的滋味永远比花花草草的味道来得浓烈、厚重。日子过得快，多半用在讨生活、奔前程的辛劳里。阴历九月那场雪后，为了一些掂量不出意义有多大的事情，几乎天天不消停，叽叽歪歪，疙里疙瘩，扶起油瓶倒了箸。钱夹子里放着的美容卡，几乎被冷落了一个冬天。庸常的日子，少不了跟先生要个小性子，发泄无来由的郁气。“多少年没看过电影了？”“窗户的密封条都坏了，也不知道换，哪里像过日子呢？”等人家果当了真，又心软，主动退却。“算了，今天不去看那个片子了，你好好午休吧。”“算了，修窗户等天暖和了再说吧。”

茗香书韵，诗情画意，成了日子浅处那盏若明若暗的灯火。偶或敲开一家又一家微友的门，那些精致的茶道，其实“很中国”的日式料理，并不怎么地道的乡音朗读，让我感慨良多。亦师亦友亦兄弟的“听竹君”，已经将他的昵称改为“名行足”，他在一篇文章中引用了葛吉夫的一段话：“有许多事情，只有当你不记得自己的时候，才会喜欢做。从这一点我们可以反推回来，发现我们记得自己的次数是多么少。”关于葛吉夫，我并不了解多少。但“记得自己”，是多么有力量又多么艰难的 4 个字呀！人生本是单行道，光阴本该慢些，再慢些。

今天，我特地偷空去逛了草苑家居，一间卖各式绢花和老粗布绣品的小店。跟女老板一番讨价还价，买下一筐皱瓣小玫瑰、四支薰衣草，还有一只上了清漆的柳编花篮。家里的卫生已经做完了，洁净是没得说，却总觉得少点儿什么。记起一位老兄的话：“你们这儿，略显清简了些。”那时，我刚搬到新居。一晃儿几年，居不再新，但依然清简。我不擅装点，先生却是个清理大王，稍不入目的物什就难逃被清理的厄运，家不清简才怪。花到家，一通铺排，卧室的松木小桌、餐厅的白色酒柜、客房的石头小几，即刻因了这腊月的盛放而明媚起来。

请朋友帮我淘到若干本书，有陈丹青的《外国音乐在国外》、蒋勋的《汉字书法之美》，还有陈瞬臣的《中国历史风云录》。一本本书安放膝头，闻着墨香，想起小沫沫的朋友圈留言，被信任的幸福从心里溢出，眼角湿润。于我这个不用功的女子而言，这些书都是比较轻松的阅读。这个春节，可以跟着大师们的思想愉快地漫步一番了。

向往春天，人同此心。其实，生活里的春天，正是沙尘暴的季节，常有倒春寒的滋扰，种种不便，不可尽数。

然而，春天走进人心的时刻，将所有的恶行忽略，将所有的不快删除。春光旖旎，那是你烟火人间里一个柔媚的回眸。

心灵是一棵开花的树

◇睢雪

我的好友玉秋是一位理想主义者，她总是喜欢把自己的影子投放在大地上，行走在广阔无边的田野。她更希望心里有一棵开花的树，花的芳香永远留在心里，就像田野里的万物，伴随着季节生芽放叶，开出美丽的花朵，结出甜甜的果实。

周五，喜爱到大自然赏心悦目的玉秋一大早高高兴兴去上班，她期待明天和朋友去郊外的一个乡村果园游玩。玉秋的邀请已经发到了我的微信里。听说，她刚刚给我发完微信，问题就来了。丈夫埋怨最近一段时间家里很乱，说她一有时间就出去游玩，也不好好收拾一下家。丈夫又说，每月还房贷很有压力，得省吃俭用攒钱。双休日，妻子又要和朋友出去游玩，多多少少得花点儿钱。很明显，丈夫是担心妻子出外花钱。

玉秋一脚在门里，一脚在门外，她知道走回来免不了一场争论，走出去可能就海阔天空了。她在门口处小停，心里翻腾着。这一段时间，她一直在忙工作，料理家务已经尽力了。关于资金缺口，她已经省了再省。在要上班

《红牡丹》（工笔画）丁青云
中国铁路南昌局集团公司江铁实业
优秀奖

的时候，丈夫说这些，真让人心烦。丈夫婆婆妈妈,不止一次在她面前唠叨个不停，惹得她心焦气躁。沉思片刻，她还是跨过了那道门，上班去了。然而，在上班的路上，她心里就像有一头猛兽四处乱闯。丈夫怎么比女人还女人？家里的活慢慢做就是了，工作忙的时候乱一点儿也没什么大不了。钱紧的事也不能天天挂在嘴边上，还房贷有压力，贷款买房的人家不都这样吗？慢慢还就是了，总有一天会还清的。买了房高兴，还房贷时又苦恼，何苦呢？丈夫的心态有问题，不能任其抱怨牢骚，必须驾驭他，驾驭了才能有好心情，不然这辈子就完了。

玉秋这样想着，可她又觉得真正驾驭了他，可能只是表面的赢家，感情就会四分五裂。不可以这样,生活还是要选择希望，夫妻还是需要选择恩爱。玉秋开始的想法突然间拐了一个弯。晚上下班回家，她放弃了第二天与朋友游玩的想法，她想和丈夫好好谈谈。她认为，生活中不能在一件事上纠缠太久，纠缠久了两个人都会伤神，也会心碎。目前家里有一片乌云，把美丽的霞光挡住了，那片云就在丈夫的头顶上。

第二天，玉秋一大早就把家务收拾好，温情脉脉地对丈夫说："今天，我约你出外走走，就像我们结婚前你约我一样。"

丈夫很意外，也很惊喜，于是一脸的喜悦和玉秋走出家门。外面是阴天，丈夫担心下雨，就对玉秋说："你不累吗？今天没有阳光，咱还是回家吧。"

玉秋说："既然出来了，咱就舒心地玩一玩。阳光不仅仅是从天上洒下来的，心里有阳光，就会感觉到世界的七彩。"

两人走到郊外，玉秋开朗、热情、自信，丈夫心事重重。他对妻子说："你的心真够大的，家里的经济现状这么紧张，你还能乐起来。"

玉秋对丈夫说："没心没肺，活着不累。问心无愧，活到百岁。生活拮据只是暂时的，只要我们共同努力会改变的。"

玉秋风趣而有道理的言谈，使丈夫脸上的阴云渐渐散去，露出一丝笑容。两个人聊起生活、家庭和爱情，聊起当前的困境。走着走着，前面有一条水沟，丈夫差点儿掉进去。妻子一把将丈夫拉回来，转到另一个方向。另一个方向，是一块平整的绿野地，一片果园。那片果园中有一棵海棠树开满了花。玉秋的丈夫望着开满花的海棠树，久久地望着，他突然间茅塞顿开。刚才差点儿掉进水沟，改变方向便是一片美丽的花果园。生活，不能让一点点的压力影响了心情，乐观一些，相信一切都会好转。

玉秋的丈夫也曾有过阳光般的心境。也许工作和生活压力使得他变得越来越烦躁，如同黑夜里穿过走廊，很怕自己撞墙。其实，玉秋感觉到了丈夫的变化，如果和他拧着来，以后的日子难以想象如何过下去。聪明的玉秋还是想办法改变丈夫的心态，送他一缕阳光，驱散乌云，还心灵一片蓝天。这片果园，就是玉秋要约朋友游玩的地方，她改变主意约了自己的丈夫。

果园里有几位工人在浇水，那棵开花的树浇水后更加清新迷人。玉秋绕过那棵开花的树，心和花一样飘香。丈夫的笑容也使她醒悟。其实，丈夫才是家中的一棵树，只是缺少清泉般的活水滋润，那树干，那叶片，那花朵，需要水滴的滋养。

每个人的心里都有一棵开花的树，只要有阳光、有水，就会开花结果。在那棵开花的树下，玉秋和她的丈夫都明白了这个道理。

寻找阳光

◇李子燕

阳光究竟在哪里停歇？从18岁开始，我有很长一段时间，找不到答案。

很怀念童年那间低矮的旧草房，一家六口蜗居在窄小的空间，房前屋后种着红的黄的柿子、青的紫的茄子、直的弯的黄瓜。最喜欢的是母亲在李子树下种植的几丛菇娘果。果子未成熟前，小心翼翼地拔出里面的果肉，能当作口哨，俗称“咬菇娘”。我常常央求姐姐教我，因为母亲说，只有天资聪慧的小姑娘才能咬出美妙的音乐。当树上的李子还懒洋洋地泛着青光时，树下的菇娘果就争先恐后地点起了红灯笼，在晨露的映衬下摇曳生辉。那时候，一缕朴素的阳光照进心里，我把自己想象成李子树下最聪慧的小姑娘，串一串小红灯笼，跟着星星一起眨眼睛。

几年后，家里翻盖了红砖房，买来彩色电视机，中央电视台的台标像一个图腾，立刻在年少的心里种植下神圣和向往。北京，一个遥远又亲切的名字；电视台，一个创造神奇故事的地方；主持人，一个传递奇迹的人物。古今中外、世界各地，在那14英寸的屏幕上，惊叹着农村孩子的目光。那时候，一缕神圣的阳光吹开迷雾，我跟哥哥姐姐在电视机前倒数，直到把电视台的台标数亮，我们就雀跃欢喜。

经过浮浮沉沉的岁月流转，远去了李子树下的小红灯笼，也淡化了我对电视的执着。轮椅上的我一度消沉，刻意远离“阳光”这个字眼。坎坷的命运让亲情、友情和爱情来得更炽烈，唯觉“幸运”二字更贴切。生命在只能接受“爱”而无能力爱别人的时候，接受得愈多，压力愈沉重。很多时候，怀疑“阳光”的真实性，如当日被东哥抱上喜车时的羞涩，如初为人母时的惊喜，如友人重逢时的感慨，恍如梦中。那段漫长时光里，一切都是被动的，阳光无论在哪里停歇，都温暖不了我心底的忧伤。

然而，2010 年飘雪的 1 月，鲁迅文学院之行仿佛一道阳光，照亮我对世界的好奇和憧憬。那日傍晚时分，怀着忐忑不安的心情来到北京叫八里庄的地方，周围的街道有些破旧，转了好几个弯才看到鲁迅文学院的大门。古色古香，高高的围墙挡住我的视线，也挡住了飘落进来的尘土喧嚣和浮躁，彰显一种幽静典雅的气息。东哥忙忙碌碌办入学手续，我和儿子在旁边等。大

《清芷系列：此心冀可缓，清芷在沅湘》（彩铅画） 李娟　华能平凉电厂　二等奖

厅里微凉，鲁迅先生和丁玲先生的塑像就在身边，我深深感到正在接近一种巨大的东西，这种东西丰厚而有张力，强烈地震撼着心灵。如此近距离贴近北京，寻找大师们的足迹，这必将是我一生中最宝贵的记忆。那一刻，阳光从四面八方吹来，吹进我 36 岁的孤独心田，唤醒停留在 18 岁的韶华和梦想。

接下来的日子，李子树下的小姑娘又蹦蹦跳跳地复活了，在文字世界里如饥似渴地找寻着灵动的菇娘果，然后串成一串串火红的小灯笼，与美好同行，与星月同舞。唯愿珍惜每一缕阳光，用努力和坚持把爱的力量积聚，再一点点回馈给爱我的人，微笑也开始泛着甜甜的味道。

寻找阳光，一切似乎都有了新意。2012 年 6 月，父母和东哥推着我再次踏上北京之旅，我开始郑重思考这个问题。录制现场的背景墙上，中央电视台台标与“向幸福出发”5 个大字交替闪烁，时而切入蓝天白云草地和翅膀的画面，突然想起我的座右铭：“没有翅膀，依旧可以飞翔；我的羽翼，扎根在心灵之上。”主持人问东哥什么是幸福。东哥回答：“简简单单爱。”泪水随着这 5 个字盈满我的眼眶。简简单单，又何尝不是最真实的阳光呢？

如今，东哥经常推着我从电脑屏幕前走进阳光下，在熟悉的陌生的、远的近的文学园地里，尽情地感受温暖，同时也回报大家以最真挚的微笑。于是，有人会问我：“子燕，为什么你笑得如此阳光？”于是，我再次笑了——阳光停歇在我的心房，我怎么能不灿烂微笑呢？

曾几何时，我以为自己是天空独舞的燕，在封闭的时空里仰望苍穹，找不到方向；如今，鼓足勇气面对每一张面孔，熟悉的陌生的，远的近的，笑容依然那么可敬可爱。原来，不用寻找，阳光就在我们的微笑里。

望穿浮云

◇尹慧

《心雅溢芳菲》（工笔画）吴伟
中国铁路上海局集团公司淮南西站　三等奖

秋高气爽，气势汹汹的秋老虎张牙舞爪，却赶不走我心间的悲凉。

人头攒动，屋内一片沉寂。

80岁的妈妈躺在火炕上，我们在无声地忙碌，寿衣、寿鞋、寿袜，每一件备品都是妈妈首肯了的。

夜深了，我蜷缩在妈妈身旁，就像小时候一样，仰望着妈妈的面容，谛听妈妈均匀的呼吸。那一刻，好想搂着妈妈的脖子，撒一次娇，轻轻地对着妈妈耳语：“妈妈，我爱你！”

与生俱来的矜持阻止了我真切的表达。摸摸妈妈有没有出汗，看看妈妈的嘴唇干不干，听听妈妈的喉咙里有没有痰，这便是我表达爱的方式。

“你们晚上都好好睡觉吧，我这三两天没事。”妈妈咳嗽了两声，转过头，睁开眼，扫了一眼坐在板凳上的哥哥们，说。

面对死神的来临，妈妈没有丝毫恐惧。淡定、从容，这是妈妈的处世态度和为人风格。哪怕狂风大作雷雨交加，哪怕生活困顿举步维艰。

“不行！我就是砸锅卖铁，也要供她上学！”安静了好久的妈妈突然喊着，把刚刚迷糊的我惊醒。摸摸妈妈的额头，湿漉漉的，出了不少汗，她还在昏睡。

我睡意全无。听上了年岁的人讲，一个人到了生命最后时刻，他的人生画面会在脑海中像电影一样不停地回放。

妈妈刚才喊出来的话，是30年前妈妈对奶奶说的。

高二下学期，我患上了自主神经功能紊乱，高三时成绩下滑，结果高考落榜。那时候，家里只有爸爸一个劳动力，供3个学生：二哥上大学，弟弟上高一，我读高三。

奶奶心疼她儿子，正式跟妈妈谈：“一个丫头片子，念书念到啥时候也是别人家的人（嫁人），赶紧让她下来干活得了，一起供3个孩子上学，还不把他爸爸累死啊！”

年近半百的妈妈当时正托着长长的烟杆抽烟。她沉思了半晌，把烟袋锅“咚咚咚”地磕在炕墙上，烟灰从烟袋锅里跌落到屋地上。

“不行！孩子不念书，两眼一抹黑。我当初就吃了爹妈不让女孩子上学的亏，不能让我闺女走我的老路，一辈子在农村爬地垄沟。只要她想念（书），我就是砸锅卖铁，也要供她上学！”

我瞬间泪奔！“我的好妈妈呀，我一定要好好复习，明年争取考上大学，不让您失望！”

村里无论男女老幼，都知道妈妈是个说话算数的女人，“吐口唾沫都是钉”，她讲出的话，字字句句都掷地有声。

可是，我哪里知道，我的底气乃至我光鲜的未来，是妈妈用她自己的“脸皮”换来的。

一直以来，我们家在生产队里都是“超支”户，一年到头唯一的收入就是爸爸的工分换得的两三百元钱，再有小鸡生蛋卖几十元钱。尽管一家人口挪肚攒，还是省不出3个学生一年的开销。

妈妈只好硬着头皮，赔着笑脸，朝亲戚乡邻们借，拆了东墙补西墙。

刚开始，亲戚乡邻还肯伸出援手，时间长了，都滋生了厌恶情绪。因为钱都借出去了，自己急用的时候却拿不出钱了。

为了孩子上学，妈妈厚着脸皮去借钱。有的人家在屋里见妈妈从院门外走进来，就急忙挂上房门，给妈妈吃个闭门羹；有的人家见妈妈走到房门口，便把看家狗放出来，朝着妈妈狂吠，让妈妈知趣地退却。

有一次，妈妈去一个嫡系亲属家借钱，人家直截了当地对妈妈说：“你今天借明天借，新欠接旧欠，你还能还得上吗？我可不敢再借给你了，你还是挪个地方借吧。”

妈妈眼含着泪出了亲属家门，回到家，放声大哭……

穷且益坚，不坠青云之志！为了儿女，她可以奉献出自己的一切。

借钱不成，妈妈又打起了抬钱的主意。

隔了一天，妈妈又去了那个亲戚家，跟亲戚说："有人想抬点儿钱，用两个月就连本带利还给你。"

"你能担保吗？"亲戚将信将疑却包藏不住喜色。

"能！"妈妈斩钉截铁地说。

走上工作岗位后才知道，我和哥哥、弟弟上学时每周回家取的伙食费，都是带利息的钱。为了借钱，妈妈不顾尊严，东家不行去西家；为了还钱，父母勒紧裤腰带，省吃俭用攒钱。

妈妈年轻时的从容和淡定，体现在世俗的偏见根本影响不了她，体现在她的无私忘我。

《铁塔风采》（油画） 刘亚红
广东电网输变电公司 优秀奖

我读高二下学期时，妈妈的右下腹腔里长了一个包，大夫让妈妈做病理切片，以便确诊是良性还是恶性，妈妈坚决不做。她说："得了该死的病，怎样也挡不了死。"那一年，妈妈 48 岁。

其实，她是怕花钱。因为供 3 个孩子上学的那些年，一分钱恨不能掰两半花，妈妈怎么可能把孩子上学的钱用在自己身上呢？那时，我很是替妈妈担忧，加之学习压力大，不堪重负，患上了自主神经紊乱疾病，影响了学习成绩，影响了高考。

"喝水。"妈妈醒来了，咂着嘴要水喝。

我把妈妈从炕上扶起来靠墙坐稳，用勺子舀了一点点冰水，顺着妈妈的舌头边一滴一滴地让她喝。妈妈大肠癌手术 8 个月后复发，腹部长了好多瘤，摸起来硬邦邦的，已经 10 多天吃不进东西了。咽进去的水，过不了多久，也会变成血水吐出来。看着妈妈如此遭罪，我心如刀割，泪水止不住地往下流。

服侍妈妈躺下，我下意识地摸了摸妈妈的左腹，那个包软软的还在，33 年了，它已由龙眼大小长到了小碗口大小，在小腹上突兀着。

"摸啥？老天长眼，让我少挨一刀。"妈妈半嗔半怪，"去年得肠癌要是也不开刀，我现在是不是可以囫囵个儿走？"

"妈,这个包幸亏没恶变,否则让我们做儿女的如何安心？"我背过脸去，擦了擦肆意奔流的泪水。

"不会的，你妈心中有数，你妈一辈子从没做过坏事，老天爷怎么能不分善恶？那时我的任务还没完成呢。我的晚生后辈们都出息了，我可以安心地走了。"

“妈……您会好起来的。”本想安慰一下妈妈，我却一下子哽住了。

“傻孩子，妈都这把年纪了，还忌讳这个吗？妈的愿望都实现了，该享的福也都享了，这辈子，没白活！”妈妈抚摸着我的头，那一刻，我似乎回到了童年。好希望时光能够静止！

遗憾的是，童年，没有了，妈妈也带着左腹小碗大小的肿瘤永远离开了我们，而带给我们福祉的——她的淡定和从容却在日月轮回中持续发酵。

人生边缘亦从容

◇孙昱莹

8 月，火车缓慢行进，正赶上暑期，孩子们结队出门游玩，狭窄的车厢几乎成了儿童游乐园，到处嬉笑玩耍，闹翻了天。乘客们抗议无效，纷纷皱紧眉头，各自烦躁。我平时最喜欢安静，车内的喧嚷让人无法集中思考，也有了点儿躁虑情绪。可此时转头看向窗外，却是另一片天地，天空蓝得透明洁净，白云悠然飘过绿野环绕的小镇，时间不曾因列车呼啸而过变得仓促，一切都从容淡定，是多么的美。

人何尝不是如此。一个人，如果内心强大，灵魂美好，遇事就会从容淡定。那一刻，我忽然想起了 2016 年的春节。站在人生边缘是一种什么滋味？彷徨、慌乱、不知所措。仿佛刚刚错过一列火车，孤零零站在人声鼎沸的车站无力又无助。那一年，城市继续禁放鞭炮，空气里尽是寂寞的味道。我陪着好朋友安琪站在街道上，仰头望着大正月没有烟火的天空，有黯黯的失落感，比往年更加沉重。

安琪 35 岁，刚刚经历一次失败的婚姻。她说今年没什么年味，不想回家面对父母和亲人。她这个岁数，如果没有结婚，甚至连对象都没有，会让父母着急的。我认识她那年，她33岁，每一天都被父母逼着相亲，过着焦虑不安的生活，为此她差点儿得了抑郁症。由于受不了亲人的催促，安琪在那一年和了解不深的相亲对象闪婚，结果婚后战争不断，一段姻缘草草收尾。

安琪说，她不止一次想过离开这个世界，不去承受来自父母的压力，不去理会外界的有色眼光。

那真是个萧瑟的冬天，皑皑白雪平添落寞和肃杀。我宽慰着安琪，讲起一个故事：一只小兔子被一匹饥饿的狼追赶到悬崖边上，前面是龇牙的恶狼，背后是万丈深渊。小兔子恐惧极了，它纵身一跃，彻底逃离了狼的追撵，也决绝了自己的生路。在下坠的过程中，它看到那个悬崖，其实不是陡崖峭壁，如果慢慢攀爬，是可以安全到达山底的。继续坠落，它看到老鸹在山涧搭建窝棚，哺乳幼崽；它看见石缝与石缝之间，盛开着空谷幽兰。抬起头，它看见天空那么广阔，无边无涯。原来，活着才拥有一切，活着有困苦，也有快乐，可是在纵身一跳之前，它却来不及思考。

人生难免会遇到大起大落，经历艰难的跋涉，一不小心，就走到边缘。安琪需要的是学会调适自己的心态，把负面情绪排挤出去，不让焦虑、紧张、惶恐去占领心灵的高地，不然会把自己推向万劫不复的深渊。当生活节奏像高速列车一般疾驰向前，我们越来越失去耐心，越来越失去一颗从容淡定的心。情感不畅要急，工作不顺要恼，身体不适恐慌，但凡有一点儿不尽如人意，便变得焦躁痛苦。如果遇到一时的困难就被压垮，一点一滴的失意就对一生一世绝望，那人也太脆弱了。

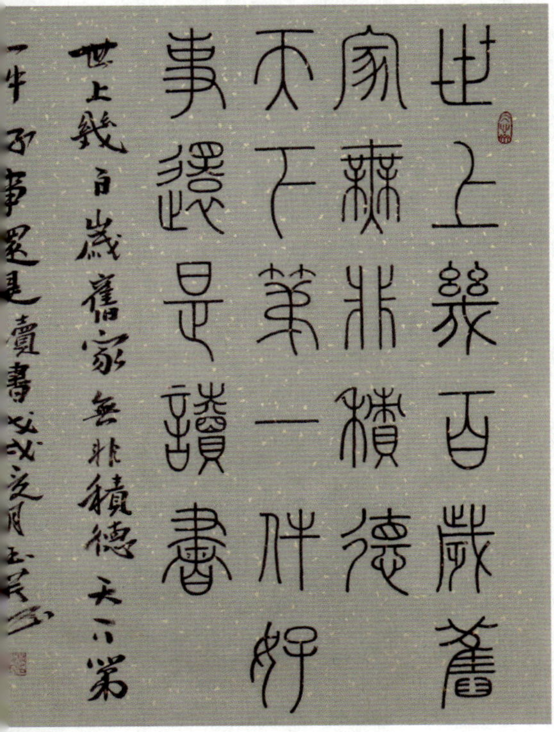

《世上几百岁旧家无非积德 天下第一件好事还是读书》（小篆） 邢玉芹
中国铁路上海局集团公司蚌埠工务段
三等奖

其实，我和安琪心有共鸣，从大学毕业那年开始，就是每逢佳节倍“恐”亲，年龄越大越甚。一位亲戚有一次对我说：“我们单位有位40岁未婚的男博士明确表示，能接受相亲女方的年纪在28岁以下。你再不抓紧就搭不上‘末班车’了。为什么大家都这么着急，而你一点儿也不急？”

亲朋们不解。我也不解。为什么非要着急呢？人生路漫漫，每一个节点都有它固有的际遇，强求不来，急未可取，面对众声喧腾，更需要一份从容淡定的心态。拥有从容的心态，无论面对何种境遇，都能宠辱不惊、不慌不乱，心平气和地去面对。拥有从容的心态，能够不为外物所扰，不为情绪所困，不畏惧随时可能变化的当下，也不担忧毫不可测的未来。拥有从容的心态，能够平衡家庭和工作、理想和现实之间种种关系，排列优先次序，有条不紊地解决困难，让生活井然有序。

杨绛先生曾说："人有两部分，看得见的身体和看不见的灵魂。"生活中的强者，首先是灵魂的强大，他们不会因为小事恼羞成怒，不会因为伤痕耿耿于怀，不会因为失落期期艾艾，更不会因为挫折失去生存的勇气。

我有一位朋友，平时人特别开朗，聚会时最活跃的就是他，讲段子、演小品、唱小曲，人们称他"说学逗唱先生"。"说学逗唱先生"有一天突然得了恶疾，医生说治愈率50%。生存忽地变成一个五五开的赌注，他一脚站在了生死边缘线。我们都为他忧心忡忡，唯独他自己，还和往常一样，在医院里也是不改本色，挨个病房窜，给老太太说评书，给那些心灰意冷的病人演节目，连医生都被他一段天津大鼓逗笑了，他倒成了医院的名人。坦然面对人生的荆棘，荆棘也会敬你三分。秋天红叶满山的时候，从北京传来喜讯，我这位朋友在手术之后各项指标都恢复正常，顺利出院了。真为他高兴，这位"说学逗唱先生"让所有人捏了一把汗，自己却从从容容，仿佛不过是演了一幕冲突激烈的戏剧。

即使走到了人生边缘，若能拥有一份淡定平和的心态，静观庭前花开花落，内心不喜不悲，生命里的美好总会以最优雅的姿态绽放。

静如一朵莲花

◇张昱煜

《春》（工笔画）邵辉
中国人民解放军第 5720 工厂　三等奖

从嘈杂的人群中撕开一角，我便找到了一个能停泊心灵的港湾。

此刻，心情轻松，不必应付或虚伪或尖刻的话语；不必在意或高傲或陌生的目光；不必计较人走茶凉的俗套。

独处时，不自觉地就扮演了一回古代帝王，有一种“普天之下，莫非王土；率土之滨，莫非王臣”之感。

常喜欢一个人看潮涨潮落、草青草黄、山寒水瘦。

常喜欢一个人看花开花谢、雁去雁回、雨急风骤。

此时，整个宇宙成了我的唯一！

此时，还有什么孤独？此时，还有什么寂寞？

不以物喜，不以己悲，处变不惊，荣辱皆忘。那感觉，怎一个美字了得！

唐代诗人王维在他的《竹里馆》中写下这样一首诗："独坐幽篁里，弹琴复长啸。深林人不知，明月来相照。"你看，诗人多惬意，明月照我，琴瑟传情，再觅知音就实属多余啦！

独坐灯下，一杯清茶，一本好书足矣。时而走进鸡鸣鸭叫的农家，时而潜入禁苑深宫的密室，时而与陶渊明采菊南山，时而和李太白梦游天姥仙境……此时，一笺装冬夏，素纸生紫烟，独处，成了女人别样的享受。

我的母亲是老师，她说，别的孩子都喜欢用食指蘸着口水翻书，我偏不，我会小心地一页一页翻动着书本看，有时候，看书入迷了，大气都不敢出。

记得小时候刚发了新课本，母亲就用牛皮纸给我包上书皮，还会在上面画两个翩翩欲飞的蝴蝶。一学期过去了，别的小朋友的课本像卷边的韭菜饼，我的书本还是整整齐齐、干干净净，真不知道小小年纪的我有什么护书秘诀。

我姥爷上过私塾，会双手打算盘，是村里少有的"文化人"。家中的梨木书柜里，藏着好多线装的书籍。每当我爬上高高的书柜，小猫似的取下泛黄的大书时，姥爷总会摇头晃脑地说："书中自有颜如玉，书中自有黄金屋。"那时候，我就能感觉到书里有"好东西"了。

长大后，我喜欢读书，也喜欢写作。记得有一个冬天，下大雪，一家人围着火盆烤火，父亲翻开一本诗集，读着上面的古诗："一去二三里，烟村四五家。亭台六七座，八九十支花。"父亲刚把那首诗读完，我的脑海里，立马呈现那美好又有趣的场景。从那时起，我就觉得书本太奇妙了，文学太美了。

随着年龄的增长，我更喜欢独自安静地阅读了，阳光里，灯光下，打开一本书，慢慢顺着书中的枝枝蔓蔓一路前行，绝对是一种奢华的感受。

就我的阅读经历而言，最感动我的是森树诚一的《人证》，里面的《草帽歌》，如泣如诉，感动得我泪流满面。那时，我在山城重庆求学，全班的同学来自全国各个省市。我那时不和人家比吃比穿，而是暗自比学习。最爱去的地方是学校图书馆。每看完一本书，我就记录下来，一学期结束，我阅读的书单已经非常可观了。图书馆管理员阿姨特别关照我，放寒暑假也破例借书给我。毕业时，图书馆处理一批旧书，我把吃饭的钱都省下来买书。搬了几次家，这些书总是舍不得处理掉。“掬水月在手，翻书香满身”，这些书，有穿越时空的感觉，它们记录着我“匆匆那年”的青春印记。

近期，看了一个关于董卿的专访，她说睡前有一到两个小时的阅读时间，已经是多年的习惯。我也有这样的习惯，睡前，总是要翻阅枕边书，才睡得踏实。有朋友问我怎么能坚持这么多年，我觉得不能用“坚持”这个词，阅读是一种顺理成章的事情，是一种享受，它能给我独处的时光带来唯美的瞬间，我愿意。对镜画眉，临窗读书。用安静的耳朵，用宽厚的眼神，用淡雅的心境，在书页里行走，人变得更简单，生活也更有趣。

水，细流；云，飘逸；心，闲适。一个人，把曼妙的恬静时光挥霍得淋漓尽致。

梅风竹韵里，可以浅笑，可以低眉，可以温婉，可以娴静。不为名，不为利，只为心中的一片欢喜，静如一朵莲花，足矣！

看着身后踩成的一串串浅浅的脚印，有日月星辰引路，有雨雪风霜相伴，有树木花草助兴，独处，也精彩，也美丽。

寻找本心见真我

◇姜皓雪

对于佛，我知之甚少。每当想起来，总觉得佛是宁静的，拈花一笑，化解千万恩仇。

关于寺庙，我见过乐山的凌云寺、西安的兴教寺、武汉的归元寺、石家庄的隆兴寺等。寺院里所供奉的神像慈悲肃穆，慈光摄受前来朝拜的人们，聆听他们的祈愿。在我眼里，这些寺院没有什么大的区别。寺院也只是寺院罢了。我们不过是流连于佛寺中那些亭台水榭，感叹着释迦牟尼的慈慧、观音大士的悲悯，以及我们先人的卓越艺术成就，惊叹着他们能将自己的智慧注入每一方砖瓦木石之间。

至于色达的五明佛学院，则改变了我对寺院的原有认识。色达佛学院依山而建，僧侣信众的房舍围着学院，随着山势起伏，连绵不绝。

宏伟壮阔的背后并不代表的是舒适与安逸。寒冷的天气，低矮的木屋，简朴的生活，单一的饭食，普通凡俗之人是难以在这里久居下去的。小木棚玲珑小巧，空间只够打坐与睡觉。如此简陋的居所，常人难以接受。而对于

《扇面书法：宁静致远》（楷书） 潘玲 中信银行武汉三阳路支行 优秀奖

修行者而言，这就足够了。他们对物质生活的看低，使他们能心无旁骛地静心参悟佛法。你看，行走在小径上，那些身着绛红僧袍的喇嘛与觉姆，他们神色肃静，脚步轻快，若有所思，目不斜视。仿佛世间无论是风云变幻，还是沧海桑田，他们只会坚守自己的内心，如磐石一般，无畏寒霜，不惧曝晒。在这片净土里，纷争与喧哗无处藏匿，连停留在房顶上的乌鸦也无视其他，似在静思佛法。可是来自凡世的我们，有太多欲望，加官晋爵、财源广进、远播声名……诱惑太多，于是我们贪恋尘世的五光十色，以及令人眼花缭乱的物欲生活，以至于你我无法重返心灵深处探求自身的精神归属。

我漫无目的地走在棚屋之间的小道上，微细的雨，淅淅沥沥，沾湿了我风中扬起的发丝和毛呢大衣的衣角。小巷两旁的屋檐间偶尔滴下一两粒水珠，默默地融在并不是很平整的水泥地上，没有半点儿声响。时不时有僧人与我擦肩而过，他们并不撑伞，或戴僧帽，或干脆光着头接受着来自上天的甘霖。行走中，僧人那长长的僧袍随着步履摇曳，手中的佛珠一如既往地拨动着，埋着头不曾左顾右盼，似乎前面便是他一生向往的地方。我目送着每一位从我身边经过的僧人，望着他们渐行渐远的背影，在茫茫如烟的天幕下，突然觉得世界如此简单，不外你、我。

我参观完觉姆的学堂，便来到喇嘛的学堂。学堂内盘坐在我面前的修行者，有面容稚嫩的孩子，也有双手留下岁月痕迹的长者。无论是谁，眼神都那么坚毅，神情那么专注。心若虔诚，佛法自行。时光纵使能在众僧间不停流走，刻下岁月的年轮，却无法蒙蔽他们至纯的心灵。在这个万物皆有灵性的神圣之地色达，即便世事纷繁，诸多苦恼，也将随风而去，不再恼人。

前段时间我心绪不宁。诸多问题使我如失去了罗盘的航船。迷茫使我夜不能寐，焦灼使我食不甘味。那些刺眼的灯红酒绿，嘈杂的车水马龙，散着硫黄味的尾气雾霾，使本已浮躁的心更甚了。在广厦高楼之间，我们本能地想要攫取更多物质使生活愈加舒适。然而，物质上的充沛并不能使精神不再匮乏。我在城市里摸爬滚打多年，没有什么建树，一颗疲惫的心已是伤痕累累，乃至曾经笃信不疑的人生信念都发生了动摇。此刻的我，身心都需要安顿了。我渴望有一缕涤荡心灵、洗濯灵魂的阳光照耀。

宁静方能致远。寻求精神的皈依，信念的重建，我需要一方净土，一吐浊气。选择踏上这片佛国之地，起初是源于对高原阳光的追寻，那强烈的日光是驱散心底阴霾的利器。然而天不作美，太阳被乌云遮掩，两天的停留，没等来阳光的普照，反倒是细雨连绵。所望未果，心生埋怨。然而，无论我亦忧亦喜，那色达佛学院巍然如初静卧在喇荣沟，无嗔无痴无贪。所有的懊恼不过是物心不一。当看到色达佛学院坚定专一的僧侣，他们不受外物干扰，向内寻求自身价值时，我暗自内省。其实，用简单应对复杂，万事万物便不再扰人。世间本多变幻，恪守本心，方得真我。

站在高山之巅，高原上悠然的牦牛，头上盘旋的秃鹫，衬托着雨中的色达，祥和安宁。风中摇曳的五彩经幡，金光灿灿的立式转经筒，神圣肃穆的天葬台，圣洁高贵的白塔……那是一派与盆地截然不同的自然风貌与人文风情。无论是稀薄、清新的空气，还是稠密、鲜艳的僧舍，眼前静美的佛门圣地是慰藉愁苦的羹汤。

人总是生活在远方，却不得不与近处为伴。我饮下这杯香浓的酥油茶，噙着微笑，决定启程回家了。

素心如雪

◇文雪梅

“做一个有香气的女子，心如空谷幽兰远，身如薄荷清。在这个浮华的世界，拥有平和而强大的内心，由内而外，散发无穷的魅力。”这是毕淑敏献给所有女人的气质秘方。换句话说，就是“素心如雪，心静如水”，如此一来，你才会在素锦年华遇见最美好的自己。

我生在北方，心中却一直有个朴素的愿望，那就是像诗人海子所写的那样：“我有一所房子，面朝大海，春暖花开……”希望自己做一个幸福的人，过上充满诗意的生活。最近，就在我所居住的北方小城，竟然奇迹般地呈现出几处耀眼的景观水面，梦想终于成真了，不由让人心生欢喜。

于是，每天黄昏，我总会去离家最近的水面附近走走看看，一湖清水碧波荡漾，周围更是绿树红花，亭台楼阁，风景如诗如画，使人心旷神怡。

那天，我和桃子姐不期而遇。她虽然已经是50多岁的女人了，但依然端庄大气，风韵犹存，岁月的风霜似乎在她身上没有留下任何痕迹。我知道，桃子姐年轻的时候曾是小城里数得着的大美女，只因多年前，她的丈夫在一次车祸中不幸丧生，接着，女儿也因意外离她而去。原本幸福的三口之家，不到半年时间就支离破碎了。

很多人以为，命运的重创会使桃子姐失去生活的勇气，然而，她擦掉眼泪，强压悲伤和痛苦，开始练瑜伽、跳舞、旅游，结识了很多朋友，每天脸上都荡漾着微笑，活成了一棵明媚的向日葵，像极了毕淑敏曾说的一句话："无论遭遇爱情抑或婚姻的变故，还是经受生活的伤痛，都要好好爱自己。"

那天，桃子姐身穿一袭得体的大红绸缎旗袍，上面手工刺绣着牡丹图案，栩栩如生，像有幽幽的花香飘散开来，若隐若现的淡妆优雅迷人。桃子姐凝望着眼前一汪碧水，目光从容而淡定，她说："人，就像漂浮在水面上的一叶小舟，总要经得住大风大浪的，特别是我们女人，不管遇见什么样的境遇，都要坚强地面对，保持一颗平常心，才能过得幸福！"

《山深百合洁无瑕》（工笔画） 务俊莎
安徽省滁州市第五中学
二等奖

听了桃子姐的话，我瞬间才明白，这个世界上幸福的人，除过诗意栖居外，更重要的是要像她一样，学会调整自己的心态，无论遇见怎样的泥泞坎坷，都要有一颗安静的心，像平静的湖面一样，波澜不惊！

我有位当局长的朋友，她不但外形姣好，清丽端庄，脱俗大方，而且工作能力很强，干起工作来常常是夜以继日、废寝忘食，她忙碌的身影常常出现在电视新闻里，家喻户晓，是小城里响当当的女强人。然而，铁打的衙门流水的官，如今她已经退居二线了。

人们在惋惜的同时纷纷议论：落魄凤凰不如鸡。她当了一辈子领导，现如今成为一介草民，落差这么大，这样的变化她能接受得了吗？

事实上，我那个局长朋友并没有像人们担心的那样失落和灰心。她依然保持着每天清晨早起的习惯，和老伴跑步锻炼完后，亲自下厨做一顿可口的饭菜，然后练习书法、学画画、跳广场舞，她的退休生活过得如花般绽放。就像朋友说的那样："以前上班没有时间玩这些，现在有了空闲，有时间多培养一些爱好了，无官一身轻，这样的晚年生活真惬意啊！"朋友说话的时候，目光中有种从容和淡定。

在自己的世界里，她安静地活着，且活得有声有色，光鲜亮丽。朋友顿时让我心生羡慕。

久久凝视眼前平静的湖水，我的内心感慨万千。生活中，拥有一颗平常心，不喜繁华，不喜喧嚣，素心如雪，不奢求功名利禄，与花对语，对酒当歌，踏实而自在地活着，何尝不是一件幸事。

走过“火焰山”

◇季纯

冰洁的外号叫“火焰山”。一听这个外号就知道她的脾气有多大。那是一扇就着、一点就炸的脾气。冰洁的火暴脾气在孩童时期就初露端倪。父亲看出她的脾气如烈焰般火暴，于是给她取了“冰洁”的名字。冰洁，冰清玉洁。冰是水，是冷，水能灭火。父亲起名字的初心多好。

其实，脾气大的人并非一无是处。冰洁身上有许多的优点，比如耿直、善良、敬业等，可她就是走不过自身的“火焰山”。

冰洁很敏感。别人无意的一句话，他人听后，可能啥事也没有；而冰洁听到，可能会认为这是影射自己。比如，领导在大会上罗列的一些现象，并没有指名道姓，冰洁也会对号入座，认为领导是在说自己。有一次开会，领导刚说完，她直截了当地对领导说：“你要批评我就明说，不要拐弯抹角。”领导笑着说：“你想多了！我没有批评你的意思，我只是把最近的各种现象总结了一下，给大家提个醒，并不是针对你！”久而久之，大家都感觉她很难打交道，开始躲着她，怕她出口伤人。大家采取了“惹不起还躲不起”的

《玉兰》（水墨画） 梁萌
济南市公安局特警支队 优秀奖

态度，都怕撞她的枪口。别人越是冷淡她，她的心里越是不平衡，说话更是夹枪带棒。她的朋友越来越少，心态也越来越差，牢骚也越来越多。

都说气大伤身，可冰洁就是难以控制自己的坏脾气。在家里，她和爱人三天一小吵，五天一大吵。爱人有时候不吭声，不吭声也不行，吵架没有了对象，那是索然无味的。她便用各种语言刺激他，直到惹得他生气了，吼上她几句，她又受不了了。她认为爱人不爱她，若爱她怎么会大声吼她呢？本来是一点儿小事，冰洁竟上升到“爱”的高度。

好友叫冰洁“火焰山”，她爱人有时候则亲切地叫她“火娃”。

那天爱人开车，她坐在副驾驶的位置，为了鸡毛蒜皮的小事，冰洁就发火了，开始怒吼爱人。

爱人手握着方向盘，眼睛却很生气地怒视着她。就这几秒钟的分心，只听“砰”的一声，直接和前车来了一个亲密接触。两个人都吓得够呛，好在两个人都系着安全带，又是下班高峰，车速都不快，车的前脸受损严重，人无大碍。她以为爱人非骂她个狗血喷头不可，谁知爱人竟伸出手臂关切地摸着她的头说：“你没事吧？没事就好！”

前车的女司机走过来，只见她双手叉腰，指着他们气急败坏地大声骂着：“开车不长眼啊？神经病，四只眼睛都是瞎的吗？”

望着女司机，冰洁突然觉得她发火的样子很难看，自己发火时也一定很丑。她赶紧打电话叫来交警处理。这次只是虚惊一场，但教训很深刻。

冰洁之前也想改掉自己的火暴脾气，都没什么效果。追尾事件之后，冰洁终于暗下决心，一定要走过自己的“火焰山”。

有一天在单位，为了一点儿小事，她很生气。她强压住怒气，运用情绪转移法“灭火”。她首先在论坛的贴吧下载了几个骂人的动态表情图，看到表情图上的小嘴骂人的速度很快，样子也十分可爱，她突然笑出了声。看来情绪转移法效果不错，她为自己这次成功控制情绪高兴了一整天。

不久，单位上有一个下乡挂职锻炼的机会，需要在乡下工作一年左右的时间。由于太过偏远，大家都不愿意去，冰洁则主动申请去了乡下。

乡下的一切都是陌生而新奇的。乡下的生活条件很艰苦，但人们工作很卖力，个个面带质朴而阳光的微笑。乡下的生活相对单调，但人们的业余生活却很丰富，早上有晨跑的、打太极拳的，晚上有练书法的、绘画的……冰洁小时候就很喜欢画画，于是她买来绘画的笔和纸，每天开始涂涂画画。在乡下，看书的时间也多了，一有感悟，她便记在日记本上。她会为一朵小花驻足，会为流浪猫、流浪狗喂食。她时而会反思自己，慢慢学会了站在别人的角度思考问题。

地点变了，环境变了，心态也变了。心胸开阔了，世界也变得开阔了。她的心越来越宁静，迷人的微笑时常挂在脸上。

一年以后，再次回到原单位，同事们发现她变了，变得阳光开朗了，友善和谐了，再也听不到她与人争吵的声音了。

那一晚，爱人搂着她说："我们家的'小火娃'到农村去了一年，我都快不认识了，你的'火焰山'呢？"

她笑着说："我借了芭蕉扇，连扇七七四十九下，扇灭了。最后我把'火焰山'留在了新疆的吐鲁番，你若想去，我陪你去。火是灭了，可地表温度很高，最热的地方沙窝里能煮熟鸡蛋呢！"

爱人被她逗乐了，笑着说："谢天谢地！我终于摆脱了'火焰山'炙烤的煎熬。"

【胸吞百川流】

激涛穿岩栽花绕
胸吞百川
品自高
且固初心希一试
笑看风雪云霄

生命的底蕴

◇睢雪

生命的底蕴，流淌的本应是清甜透明的水，水中滋润着最美的生活。常常听人说，对人宽厚、对事大度、对己豁达，往往会在平淡中显示出人格底蕴。

曾经遇到过这样一位老人，人称方爷爷。方爷爷80多岁，身体健壮，他走路如飞，说话如钟，笑声如云。他独自住在城市边缘的一个小区，小区高楼林立，人口众多，因为楼房便宜，集中了许多的打工族和租房户。方爷爷的邻居就是从山里进城打工的两个兄弟。兄弟两人来自一个家族，同在一个建筑工地当瓦工。瓦工是手艺人，在城市收入是很高的。方爷爷很羡慕他们的年轻，羡慕他们的体力，更羡慕他们的手艺能够在这样崭新的时代里施展。爷爷常常把心守在他的隔壁，特别是夜里，他想从他们一天的收获中得到安慰。有一天，两兄弟回来了，进了楼门就把手里的铁铲等工具放在老人家门口。老大放下工具说："这一天真累，老板硬是加班一小时，也不多给工钱。"老二回答："给城里人干活是难，以后再这样咱就想办法对付他们。"

方爷爷听了，心想，这两个兄弟挺鬼的，这样做不好。他想出门透透气，可门推不开了，只能听到对门说话，却不知道为什么推不开自己家的门。老人费了九牛二虎之力，才算推开家门。原来，门口堆满了瓦工的工具，紧紧靠在门上。老人家小心地把这些东西移到靠近自家门一米远的地方，而且没有靠近对门，担心那两兄弟出门不便。方爷爷心想，自己帮助他们移走，明天他们就不会放到这里了。然而第二天，两兄弟一如既往仍然把工具放在方爷爷家的门口。方爷爷出门时又是不声不响把他们的东西放在不碍事的地方。

到了第三天清晨，对门的门开了，只听他们中一个兄弟说："对门的老头子真奇怪，岁数那么大，很少出门，却总是动咱的东西，放得好好的第二天就动了地方。"

方爷爷听了心里很不是滋味。心想，你们把东西放在别人家门口

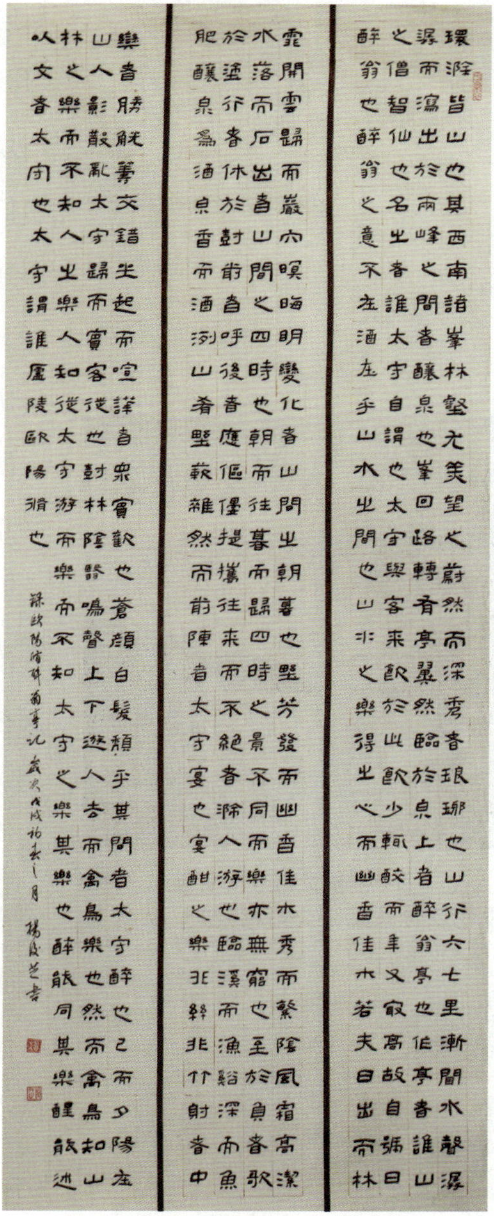

《醉翁亭记》（隶书） 杨俊芝
内蒙古电力（集团）有限责任公司乌海电业局
二等奖

妨碍人家出行，还不许人动，哪有这个道理。可是又一想，年轻人干活太累，把东西放门口也是顺便，放就放吧，反正自己很少出门。为这，老人家天天赶在兄弟出工后再到外面去，很怕把他们的工具碰坏了。

连续多日，两兄弟的工具没有移动的痕迹，他们开始担忧老人的生命安危。老二说：“哥，对面的老头儿是不是死了？都好几天没有移动咱的东西了。”

老大说：“不好！如果真死了没人知道，再传出臭味，咱还怎么住这里了，上哪找这么便宜的租房？”

他们哥儿俩的话，方爷爷听得真真切切。他又想，这两个小伙子猜想我死了，首先考虑的不是想办法救助一个老人，而是他们能不能住这。唉！现在的年轻人，心里只有他们自己。老人正想着，对门的老二又说话了：“哥，报警吧！”

老人听到“报警”二字，急忙推门告诉那哥儿俩自己还活着。可是门口依然堆放着工具，他推不开门。老人在屋里喊话：

《一帆风顺》（油画） 邹晗
山钢股份莱芜分公司板带厂　优秀奖

"小伙子，我还活着。你们把自己的东西动一动，我出门给你们看看。"

那哥儿俩说："还活着，那就好。我们吃完饭就把工具带走了。"

老人等待他们出门背起工具，打开门出来了，温和地送给他们一句话："小伙子，明天帮我一件事。把你们的工具放在合理的地方，让我出门方便。"

两兄弟看看老人，没说话。老人又补充一句："处邻居，互相把东西放准位置，大家心里都敞亮。放偏了，会惹出麻烦。这和做人一样，心不正，会走偏了道路。"

两兄弟又没说话，他们出工了。夜晚，老人特意推推自己的家门，门开了。这时候对门也开了，两兄弟同时探出头来，对老人说："爷爷，对不起。没想到您不声不响却是这样大气，我们错了。"

老人笑了，对两兄弟说："小伙子，知道过错就好。宽容大气是藏在心里的，这是生命的底蕴。你们看我这年龄，从不生气，从不计较别人的不对，也不惹别人生气。这样活着高兴，身体自然没病。记住，宽容是人生的通行证。"

宽容，生命的底蕴，人生的通行证。两兄弟回到屋，猜测这句话的含义。他们望着窗外蓝色的天幕，满是宁静的星星。两兄弟后来才知道，原来方爷爷是个老瓦匠，有学识，抹板在他的手里灵巧利索，就像乐队里的指挥棒，被人称为巧夺天工的匠人。如果不是因为自己的行为错了，还真的不了解老人家储藏在内心的品格，还有他高超的瓦工技艺。后来，他们拜方爷爷为师。

方爷爷的故事使我想起"君子量不极，胸吞百川流"这句话，很受启发，深深感觉到这个世界就是一个课堂，人人都是老师。大千世界，芸芸众生，人的风范和气度总是散发着无形的力量，拥有了，可以胸怀日月，可以笑纳百川。

雨中加减法

◇宁雨

《雨声》，是一个书法家朋友新赠我的墨宝。得了字，天就开始下雨。从清早到夜半，又从夜半到黄昏。忙时，窗外有雨，心中却无雨。这一闲下来，雨声便直敲打到心扉。拿一盏玻璃小壶，沏了茉莉玫瑰茶，一杯一杯品着酽香坐在落地玻璃窗前，任时光在滴滴雨声里漏下去。

溽暑初歇，这洗秋的雨颇有些缠绵凄恻，怎怪得旧时骚客的吟哦，总有苦雨的滋味。院子里的蜀葵彻底开败了，大花秋葵也进入尾声。梧桐的叶子，在某个清晨已开始飘落，这雨天，心形的落叶更是覆了一地。所谓一叶知秋，就是说它的。

人到中年，如季节刚进秋天。收成还没有望见，却先要收拾季节变换的心情。不惑的澄明，常常被一些青春的残余力量牵扯着，微澜骤起，风疏雨斜。小小不如意事，也能搅动漫天风云，带来阴雨晦明。

上周，丢了两样东西。

先是一篇写到结尾部分的小说，不知怎么按错一个键，大几千字的东西就没了。凭记忆，也可以重新来过，但我却不想。世界上没有两片相同的叶子，也没有两篇一模一样的小说。丢了，是找不回来的。我喜欢着这篇小说的女主人公蓝盈，她是有几个生活原型的。其中之一，是一位女大学生，聪慧、美丽，有心计、善谋划，可惜没逢着个好的工作单位，做了中层，薪水却极低，每天的早餐就是一个麦香饼，间或加一袋牛奶。她本是弱势群体，但有着特别强烈的同情心，拿出大把时间帮助一对哑人的孩子四处求医。写作过程中，我曾把故事梗概贴到空间里，有朋友留言希望我能修改小说的悲剧结局，体现好人一生平安的群体心理诉求。但我没有。悲剧，就是把美好的东西打碎在你的眼前。其实，现实生活，有时候比小说更残酷。我的小说，就是通过悲剧故事来展现人性之美，展现艰难

《岁寒啼晓》（工笔画） 何源
中石油西南油气田分公司华油公司
龙泉驿华油兴能天然气有限公司
三等奖

民生中的善良和坚忍。

选择文学，是我人生的转型。我本媒体人，不惑之年毅然转身，自然有着那么多的牵绊和不舍。深情凝望着、观察着、投入着，对于这个世界，却将那些彷徨与呐喊，封存于心，唯叹一声“天凉好个秋”，该是我这个年岁的一种收束姿态吧！说来容易做来难。

上周丢了的，还有我的一盆君子兰。从廊坊经济贸易洽谈会上带回来，已经莳秧十几载。当年一株两个小小叶片的苗，而今葳蕤生姿一大盆，开花，结子。每见，让人好不欢喜！

君子兰，是一个有缘老者相送。犹记得他当年那句话：“拿去吧，闺女，这是棵和尚，好品种哦！”“和尚”在我的手里七灾八病，几次夏天细菌感染要死要活，都是我和先生小心翼翼施以高锰酸钾溶液疗法才起死回生。在一篇《兰缘》的散文里，我曾这样写道：“‘和尚’，真是一个生命的奇迹。有时，我感慨自己的懦弱和怠惰，自愧弗如。有时，我又觉得‘和尚’就是另外一个我，守着自己的生活，不离不弃。只是，现实中的我时而敏而怨，而‘和尚’更通达知命些。”

立秋之后，我一时兴起，想把“和尚”搬到楼下接接地气。跟先生说了几次，他都没动。一天清晨，我努着一股子力气，把它搬了下去，安置于一个通风的阴凉地。其实，到楼下接地气的花草，不只我们的“和尚”。但“和尚”在群花之中太出挑、太惹眼，有点一任群芳妒的架势。

没想到，下楼，却是我与“和尚”缘尽的开始。那天夜里，我整宿地辗转，几次忍不住低喊：“谁偷了我的君子兰？谁偷了我的君子兰？”向门卫师傅报告，他却哈哈大笑。我说 :“你就没见谁搬走那么大一盆花？ ”他答 :“若看到，我还能不管？ ”

见我心怨难平，先生说 :“若是偷了为着养，我尊敬他；若是偷了为着卖，肯定为生计所迫，我同情他。”话至此，我唯余苦笑的份。好“和尚”四海为家，播善因善果。

尝念有得必有失，有失必有得。大概，我的两次丢东西，也全非偶然。如今坐于窗下，阳台上因少了“和尚”，就多了几分疏朗。而丢了一篇小说，则更明了得与失的道理。人生做加法易，做减法难；而做加法累，做减法闲。

不如意事十之八九。痛了，就听听这初秋的雨声也好。市街，是各种轿车碾压过马路的急躁和欲望；野外，是雨打芭蕉、雨落残荷、雨敲竹海的各式乐章。此时，农家的春玉米马上要熟了，棉花已有过几茬花，结过几拨桃子，山药蔓子见雨撒欢，芝麻花正开到更高的一节。

听雨声而知世态，听雨声而得其意忘其形。唯秋天的雨，最得加减法则之要。

窗外，一层玻璃的距离

◇李子燕

居住二楼，后窗正好临街，街上繁华而热闹，足不出户也能观赏窗外风景。一层玻璃的距离，我常常想破窗而出，融入那流动的风景；往往又落寞而归，窗外不是属于我的世界，我无法破茧成蝶。

红尘在这里喧嚣，无人关心在这样的喧嚣中，我如何呼吸新鲜空气，如何构思美丽风景；相反，极度的审美疲劳，让我的心情更烦躁，眼中耳中皆无美景。患得患失间，大有“我看窗外多无聊，窗外看我当如是”的惆怅。

忽一日午后，马路对面树阴下，多了一位与我一样无聊的老太太。一件淡青色短衫，一条蓝黑的裤子，虽然距离较远，看不清她的面容，却

《西施图》（工笔画）葛爽
山东省菏泽市牡丹区第四小学
优秀奖

莫名地感觉得出其神态的安详。她的背有些微驼，头微微向前倾着，双手平稳地搭在膝盖上，花白稀疏的头发在夏风中轻扬，于炎炎烈日下泛起丝丝晶亮的光。稀薄的树阴无法完全挡住太阳光，也不能完全遮住她的身体，时不时用如火的骄阳考验她。而她如雕塑般纹丝不动，静静地打量车水马龙的街道，静静地聆听夏蝉的吟唱，静静地任由风和阳光的骚扰。她一动不动，仿佛周边的喧闹都与她无关，以至于来往的行人也这样认为，于是几乎没有人注意到她。

世界在她身上安静，或者有意，或者无意；而她，并不在意，只是静坐一隅。而我，却格外在意，因为在我的窗前，她成了一道最别样的风景。烈日、风、行人，都打扰不到我的视线，她的安静让无聊变得有意思起来。有人说，以一种劳动代替另一种劳动是最好的休息。那么，以一种无聊代替另一种无聊，算作什么呢?

一时没有答案。

接下来的日子，每当对外面的世界充满强烈渴望的时候，我就会到窗前眺望。而每次，她的恬静淡然依旧，都仿佛是夏日的清凉，渐渐感染窗内的我。我浮躁的心逐渐沉静下来，不知不觉冲着窗外笑一笑，然后重新回到电脑前敲击我的文字，描绘我心中的故事。不知不觉，窗外的故事也成了我的文字，进入了我的故事。

又一日，天空下起蒙蒙细雨，盛夏难得的清凉终于不期而至。我守在电脑前，聆听着雨声，忽然莫名其妙地失落，如此阴雨的天气，或许老人家不会来了……于是，无法再静心敲击键盘，患得患失地来到窗前，却见那树下多了一把花伞，伞下露出淡青色短衫和蓝黑的裤子！其实说心里话，那应该是一把又老又破的花雨伞，远远地，能感觉上面打了补丁似的，但在我眼中，它宛如那株树木开出的花朵，细雨中清丽温馨；在我心中，它就是这个季节最美丽的花朵，朴素又真实。奇异的感动，让眼中有温热的液体想冲出来，想去轻吻那顶破旧的花伞，算作一种问候，或者别的什么。

究竟是什么呢？可能是一种前所未有的感恩。在这样的雨天，在无人抬头关注一眼的孤独的窗口，我的眸中依然会有如此安静执着的风景，这是多么难能可贵！我的心不再浮躁，不再空荡无所依，仿佛商店里那些听厌了的歌曲，也在瞬间变成最优美的旋律，滋润着我偶尔脆弱的灵魂。

于是，我开始打听这位老人的来历。后来得知，她竟然听力严重下降，同时患有眼疾，视力模糊。不过，她却也过得很快乐，因为她还能感觉阳光是温暖的，细雨是清凉的，夏风是和煦的，花香是芬芳的……至少，她用自己的姿态，让隔窗观望的我，相信她能听得到，能看得见，能体会得到，能享受一种静谧的美。

扪心自问，之于这位老人，我拥有的东西何其多啊！我的耳朵，尚能聆听鸟的啼啭；我的眼睛，尚能凝眸鲜花盛开的瞬间。即使双腿被禁锢，但我依然可以借助心灵去丈量地平线，用双手描绘一直向往的碧海蓝天……

“上帝关上一扇门，同时会给你打开另一扇窗。”在自己的小窗前，我真正理解了这句话的含义。挫折在所难免，但并不是无路可走；上帝为我重新开启的这扇窗，或许会风和日丽、繁花似锦，也或许荆棘丛生、沟壑连绵。重要的是如何沉静淡定，摒弃浮躁与虚华，让心灵的天空永远澄澈。

窗外，一层玻璃的距离，擦亮这层玻璃，风景如画，岁月静好。

素简养心

◇张昱煜

《王者香 虚心竹》（国画） 李岩
中国铁路上海局集团公司上铁房地产公司
优秀奖

20多年前，我身边还有几位文朋诗友，我们一起爬格子写“豆腐块”。现在还在敲键盘的已经不多了，有的从政，有的经商，就我还是死心眼，煮字疗饥，款待内心。

说说我的处女作吧！读高中二年级，我把一首《咏雪》的小诗投进家乡的一个铅印的文学报纸。过了两个星期，我发现印着我诗歌的小报，不知怎么出现在教室的地上，一个同学的凳子角刚好压在我的诗歌上。我连忙捡起皱巴巴的报纸，用手抹去上面黄泥巴印痕，悄悄地折叠好。周末回家，连忙拿给母亲看，当她看到自己女儿的名字真真切切印在报纸上时，说了三个字："乖，真能！"

那是我的名字第一次以文学的姿态出现，我欣喜！

2017年的夏天，我有幸参加鲁迅文学院国土资源文学创作班的培训。当我拉着行李箱，一步一步去火车站时，我心里是甜蜜的，内心有种声音告诉我，我与文学近了，更近了。一切与文学有关的事情，都令我喜欢，我为之所做的一切就两个字：值得！

班级的开学典礼上，一位来自青海的同学上台发言问："这一次能来参加培训，能说说你们各自的不容易吗？"听到这句话，我的泪水情不自禁夺眶而出。他说的没错，这一趟能抽出时间来培训，真是不容易。早在一月前，我就把手头上的工作一件一件提前做好，把家里收拾好。临出发前，我双手合十祈福，求上天保佑家人平平安安，好让我开开心心去拥抱心爱的文学。

一件事，不离不弃20多年，可以说，那是真喜欢。

早些年，我写作还局限于向报纸杂志投稿，每每投中一篇，就十分高兴。把文字誊写在方格纸上，折叠好，投进信封里，那是一种憧憬和等待，也是一种喜悦和自信。

近些年，尽管用电脑写作了，可我还是把以前没有用完的方格稿纸、信封和邮票珍藏起来。诗人汪国真在《热爱生命》里说："我不去想是否能够成功，既然选择了远方，便只顾风雨兼程。"这句话，一直存在心底，激励着我慢慢前行。

我的家乡在豫东平原的惠济河边，那里有我童年的回忆。30多年前，我们举家南迁，到了草长莺飞的江南，人虽然离开了家乡，可对故乡的一草一木都充满深深的眷恋。家乡，对我来说，是感恩的地方，是心灵的原乡，也是我文字里最喜欢书写的地方。借助文字的魔力，把对家乡的情愫和眷恋倾注笔端，以释放心灵的重负。文字，是慰藉心灵的良药。

我是业余作者，在工作生活做到极致的同时，我的大部分时间是阅读，是行走，是写作。想写就写，不想写的时候，我就多学习，多思考。

有时候，素材积累在心间，它们就像小狗一样，汪汪直叫，你不写，它们就会“咬”你。我记得写过一位在菜市场补鞋的驼背女人，没动笔前，我去买菜都尽量躲着她，好像有愧于她，等到这篇文章写好后，再见她时，心情才舒展。

一直觉得文字是带有灵魂的尤物。我喜欢在清晨写作，头一天早睡，睡前有个小构思，第二天清晨，万物皆睡我独醒，那感觉好极了。当你坐在电脑前敲击着键盘，想要的文字排着队，齐刷刷地都来了。一篇文字写好后，心里会有小小的成就感。这，就是写作的乐趣吧！

近几年，我对古村和手工艺民俗特别感兴趣，花费了不少精力去了解和研究，写了不少这方面的文章，当地的报纸杂志为我开辟了专栏发表这些文章。这件事让我心里很欣慰。

去年，我的文章《老街上的老店铺》喜获文学大奖，内心是高兴而感恩的。都说文学边缘化了，我为什么还在坚持纯文学写作。我认为，文学可以让我安静，让我不世俗，让我与人为善，让我心中充满希望，这就够了。

衣食无忧才能安静地写作，我的父母，我的爱人，他们的理解、欣赏和鼓励，是我写作的动力。为家人写、为身边人写，写出接地气的作品，才是我最开心的事情。

收拾完锅碗瓢盆，从繁杂的生活中抽身出来，我行我素，躲进自己的小天地里，遇见另一个自己，不为名，不为利，只为心中的一丝欢喜，如淡淡的菊花，悄悄地开放，是件幸福的事。

素简养心，内心丰盈的感觉，我喜欢。

气度的力量

◇孙昱莹

《云想衣裳花想容》（工笔画） 蒋嫔
国网甘肃省电力公司检修公司
三等奖

从北国边疆珲春市出发，前往“东方第一村”的防川，会经过一段仅有 8 米宽的公路，那是被称为中国最狭窄一片领土的洋馆坪大堤。有趣的是，站在这窄小的堤上，左边能看到俄罗斯的领土，右边能看到朝鲜，竟有一眼望三国的雄浑壮阔。

那年 5 月，我作为长影集团编剧培训班的学员，和同学们一起到珲春采集素材，正路经防川。那时看到狭道之上，是湛蓝宽广的天空，眼前，是无限延伸的远方，大气磅礴。我忽然就想，道路给人的宽窄之感，不在尺米之间，而在其中的风景。人的心灵也是一样，它本是有限的载体，我们却要为它寻觅一处高耸的山巅，一片远阔的草原。在来到珲春的前一日，我们班上的同学们天南地北地聊天。有位编剧就跟大伙儿讲起圈内八卦，说有两个刚有点儿名气的女演员，本来关系很好，后来同时参加一部戏的面试，其中一个选上了。另一个心里感到不平衡，就在背后说被选上那个坏话。被选上那个听说后哪里肯罢休，也揭露对方的底。两人互相添油加醋地指摘，把隐晦的私生活都扒出来给旁人看，闹得体面尽失，贻笑大方。

《飞上枝头》（国画） 李丽
内蒙古兴安盟扎赉特旗音德尔第七小学
优秀奖

有时，最窄的道路也比人心宽广。叔本华曾把人的本质说成是可怕的野兽，对于有些人来说，的确如此。若是怀着原始的暴虐、仇恨、怨怼，任由阴暗的情绪像蜘蛛网一样爬满心房，人和野兽又有什么分别呢？而有气度的人，则完全是另一种活法。他们的世界云淡风轻，即使站在逼仄的人生空间里，也能打开通往广袤世界的大门。

在某次学术会议上，我与一位知名学者相识，那时他已是耳顺之年，头发渐次花白，言谈举止皆有大家风范，气度非凡，给我留下深刻印象。后来听人说，学者能有今天不可撼动的地位，也正是因为他是一个心胸宽广之人。他早年在学校任职时遭过他人构陷，被举报有经济问题，还被人在网上发帖污蔑学术不端。面对污水，学者一如既往地工作，没有在公开场合争辩或愤怒，更没有斥责举报者。上级组织经过调查，最终证实这些谣言子虚乌有，还了他的清白。至于那构陷之人，有人劝学者起诉，还有人提供了对方的难堪把柄，希望他能够予以还击。学者对此一笑了之。他说："做人，要记大德，忘小怨。"

有容乃大，若凡事斤斤计较，睚眦必报，自己心里不痛快，也难容于人群。那位学者的胸怀让我欣赏和敬佩，气度非凡的人，内心强大，无所畏惧，能在世事浮沉间掌控人生。而且，就算不是什么大人物，心胸如若宽广，也能过好自己的生活。比如我姥姥，一个普通农民妇女，没有任何学识和见地，但她是个有气度的人。我小时候常听姥姥说的一句话是："背(别)生气，背(别)生气。"她不让子女们与人争劲儿，若是家里有人和外面吵吵起来，她就出来"消火"，哪怕是对方的不是，也劝慰家人说："就当俺们原谅他了。"姥姥很少和人吵架，纵然经历了半世坎坷，也未见怨怼，更重要的是，她能让身边人也变得心平气和。住在她们家附近的邻居，没有一个不钦佩她的，她们眼里这个老太太能容人，是个好人，所以连卖菜的都愿意多给她斤两。我表哥 6 岁的时候在小镇街上走丢了，姥姥着急坏了，街坊邻居一听说全部出动，都来帮忙寻找，最后是相识的邮差骑着自行车，把坐错长途汽车的表哥给领回来了。姥姥感激极了，给乡亲们道谢。"嗨，老李太太家的娃儿，那谁能不管呐！"大伙儿说。

人们对于“吃亏”的事，总是极力避免，一旦吃了谁的亏，往往耿耿于怀。但我姥姥不怕吃亏，她信那句老话“吃亏是福”。人生有舍有得，舍不下怨恨，就得不到解脱。我曾见到一位前辈，因为受不了领导的几句批评，退休前一年选择辞职。而和他同年入职的两个员工，同样被批评，没当这事是个心疙瘩，有错就改，能忍则忍，顺顺当当就退休了。很多时候，“面子”让我们放不开心胸，放不下执念，过于在意他人的眼光和自己的荣辱，结果就是困宥在那一道狭窄的堤坝里，何谈眼界和境界。车被堵了，狂按喇叭，破口大骂；功劳被分了，愤愤不平，到处诉苦；和恋人分手了，心有不甘，纠缠不休……为小事斤斤计较，除了自己窝了一肚子火，解决不了任何问题。姥姥和那位学者，正是明白这朴素的道理，才能够随遇而安，像磐石一样坚忍强大。

《望》（油画） 潘洁
中国铁路沈阳局集团公司吉林客运段
优秀奖

人言谓君子雅量，不是每个人都有气度，而气度却是每个人都该具备的品质。人生之路从来不是一成不变，也许前一秒还是笔直的康庄大道，下一秒就会遭遇狭窄的堤坝。博大的胸怀能让道路越走越宽，风景越走越美。

心香一瓣不着雨

◇喻贵南

小草从萌芽开始，便注定了与风雨阳光为伴；人从呱呱坠地开始，便打上了七情六欲的标签。有人说，生命是一场马拉松；有人说，生命是孤独的旅程；有人说，生命是一树花开；还有人说，生命是一场笑话。

生命于不同的人，也许有着不同的解读。而我觉得生命更像一幅画，每个人都是自己人生的画家。当你赤条条来到人间的时候，每个人都是一张白纸，老天爷以七情六欲为颜料，让你在生命的白纸上涂抹上想要的颜色，想要的图画，想要的人生。当我们赤条条离开时，留在人间的生命轨迹便是你穷其一生的努力与追求所呈上的画卷。也许，动笔之初，每个人都有着一个最美的梦想。就如同我们小时候，说着各自的梦想。有的说，要成为科学家，研究飞机和大炮；有的说，要当老师，桃李满天下；有的说，要当医生，救死扶伤；也有的说，要成为魔幻大师，吹口气，能让玉米饼子变成蛋糕，咬掉一口，还能复原。

但生命是一条未知的旅途，太多诱惑与变数像唐僧取经路上的妖魔时不时冒出来，或阻挡或迷惑，让凡夫俗子的我们，在七情六欲里费尽踌躇、折腾苦乐，曾经的心香一瓣着了雨，可能由此找不到最初的方向。人生的蓝图上，落下的，是带着各种遗憾的墨迹。最终让生命落入所有俗套里的平庸，或者完全成了面目可憎的败笔。

我三舅郑桂云，是我外婆6个子女中最有出息的孩子，也是我外婆在食不果腹的年代里，咬紧牙关，唯一送进高校大门的孩子。他1965年毕业于湖南医学院，曾无数次获得市、省以及国家医疗系统各种荣誉称号。而今，年过八旬，依然奋斗在医疗一线。

他跟我们常说的一句话是：自己认准的路，只要是正确的，就要走下去，不要受其他因素影响，一心一意。还有一句是：做人要心胸宽广。

熟悉我外婆家情况的人都知道，“文革”时，乡里有个造反派小头头郑三，心狠手辣出了名。看谁不顺眼，就给扣一顶帽子，不少人被整得人仰马翻。我那一贫如洗的外婆家，同样因为他一句话，莫名其妙地背了个地主的罪名。外公外婆因此被打得遍体鳞伤，好几次被吊起来，打得大小便失禁，半死不活。

“文革”之后，郑三跟我外婆家一直没什么往来。三舅有一次回家探亲，左邻右舍有病的乡邻闻讯而来，三舅照例免费为他们看病。忙乎一下午，送走最后一个病人，打算喝杯茶时，却又来了一个病人。一个特殊的病人，不是别人，是郑三。他满脸痛苦而来，不是为之前的事道歉而来，而是他病了。畏寒发热，全身肌肉胀痛，精神狂躁不安，双手阵发性抽动，摇头晃脑，饮食时痉挛呃逆，还流口水，在附近几家卫生院看了，都诊断为狂犬病。吃了药，可病情不但没好转，反而加重了。

见郑三来看病，我堂舅忙把三舅叫到旁边，跟堂舅母一道，悄声叮嘱他："别理郑三那没良心的东西，这种人死了活该！"

三舅听了，什么也没说，只淡淡地笑笑。回头照样和颜悦色地为郑三看病，耐心细致地为他做检查，那份体贴入微与其他患者并无区别。一翻望闻问切后，得出的结论是：流行性出血热（EHF），并非狂犬病。三舅即刻对症下药，告诉郑三此病的危害性，并再三叮嘱其药物的使用方法及注意事项，还留下电话，随时跟进治疗。

眼见被黑白无常拖到了奈何桥的郑三，日益好转，不久后完全康复。逃出鬼门关的郑三对别人说："我那天实在痛得受不了，才请郑院长帮我看看，想不到他一点儿都不记仇，把我救活了，其实他当时可以胡乱帮我检查一下，将我打发走，毕竟我年轻时做了太多对不起他们家的事。"

堂舅后来埋怨三舅："父母之仇不报，反而给他看病。"三舅淡淡一笑："我是一名医生，学医的初衷是为了治病救人。"

《海纳百川》（油画） 冼莹
广西电网有限责任公司钦州新区供电局
优秀奖

人生最美是初心，心香一瓣不着雨。在物欲横流的今天，三舅用他的人生点滴，给生活在他身边的我们，一直充当着前行路标的警示。

他是疑难杂症的专家，擅长运用中西医方法医治各种常见病、多发病以及各种疑难杂症。他曾撰写了《出血热防治及早期诊断》《流行性出血热死亡76例误诊分析》《依那普利治疗原发性高血压临床观察》《浅谈医德建设》等医学论文及经验总结，被国内多家权威报纸杂志争相发表。其中，《流行性出血热死亡76例分析》还被中国科学技术出版社出版的《现代传染病文集》第三集收录。

他曾因此拒绝了很多次出国镀金的机会，也拒绝了多次从政的机会。他说，他是一名医生，医生离不开病人。他学医的初衷是给病人看病。多少次，他身染重病，依然给别人看病。

从宁乡市人民医院院长职位退休后，现已八十高龄的他依然坚持坐诊。他不打牌，不嗜烟酒，不爱串门。他的娱乐活动就是饭后散步，看《新闻联播》或医药书，他的话题永远是病人。

他让熟悉或走近他的人感受到的是：作为医生，他的心里，永远只有病人。

他用行动告诉我们：生命，因此也才更像一幅感人的画，一首优美的诗，或一支动听的歌，在人们的心里，会发出扣人心弦的最强音。因为，心香一瓣不着雨。

给你一只手的力量

◇魏世英

“妹！一幅《踏雪寻梅》的绕指画，送给你。”一双从我身后环抱的手臂，温暖而踏实。旷远静寂的冰天雪地之中，一树寒梅，傲然兀立，显出梅的千般风韵、万种精神。新年之际的礼物，姐姐应该是希望我在身处逆境时也不忘初心的美好期冀吧！

她，于我而言，亦师亦友。在读书学习的路上，因为三观合拍，外加志趣相投，顺利跨越交友的磨合期和适应期，当她轻声唤我“妹”的时候，我没有丝毫的违和与矫情。就这样，我多了一个姐。对于有四个哥哥的我，身边从来不缺“有福气，不敢惹”的褒贬声。但是，他们都不知道，对于能有个姐姐这件事，我有多羡慕。

她长我10岁，在单位，是资深的人力资源管理师，为人谦和，工作得力。在家里，更是智慧妈妈和贤德妻子。考取清华大学的儿子和身为高工的老公，是她善于相夫教子的明证。在工作和生活之余，她还热衷于读书、“拆书”，她用一双伴着书香的手，将柴米油盐的日子过成了琴棋书画。

即便我敬仰她的豁达，佩服她乐观，但是我深知，成年人交流中，“有事联系，没事各忙各”是相处的最好状态。互联网时代，更多的信息通过Wi-Fi和4G传递。在读书遇到困惑时，会求救；在晋级进入瓶颈时，会求助；在煲汤失败时，会求援。而对于我的十万个为什么，她总是秒回，堪称我的人生百科和生活指南。

《喜鹊迎春》（国画） 周洁
中国铁路南昌局集团公司南昌电务段
优秀奖

一地鸡毛的生活，不影响日子的高歌猛进。不经意间又过一季，而我，也遇到职业生涯中的再次低谷。独自走在雨中，寂寞的街道，似乎连空气都是孤独的，我想到了她。

拿出手机，打开微信:“姐，在吗？”

不是习惯的秒回，后脊梁一阵凉气袭来，怕是全世界都要丢下我了吧，在喃喃自语中屏幕动了：“姐在。”不是习惯的连珠炮式的询问，想寻求一丝慰藉的我不甘心地问：“如果有一天我需要你时，你可否帮助我？”她应该想了片刻吧，把这样的话敲在屏幕上给我看："我也许能给你一只手的力量。"姐真小气。我兀自愕然，对着屏幕输入："如果姐有一天需要我，我一定给你双手的力量，我全部的力量。"我为自己的侠肝义胆而心潮澎湃，也为她思虑重重、谨慎承诺的措辞而心生不满。

再不如意，生活还得继续，我努力用读书和文字进行着自我救赎。计划的读书活动，伙伴的晋级练习，因为缺少她这一核心人物一拖再拖。一贯守时而诚信的她，缺席了各类读书活动，我开始紧张，一通电话打给了姐夫。"五一长假的最后一天，我让她陪我骑行。山间小路，因坡度过陡，车速太快，她又不太了解山地车的技术，为减速，她捏死后闸，连车带人直接从山坡滚落……左臂粉碎性骨折，胸骨骨折，手术做完一个多月了，整个左手失去自理的能力。"姐夫像是交代案情的嫌犯，弱弱地讲述着事情的经过。

大脑一片空白，听不进去电话一端的讲述，努力搜索上次我们交流的时间和内容。那个神采奕奕、拥有空气灵动烫短发的她，半个月前还说要给我一只手的力量。

隔着病房门看到，她正在用右手抚摸着因为打进钢板而无法移动的左臂。那里或许有 120 万个被碾压的神经在撕裂和作怪。乌黑的秀发落尽，被缝合针线肆意占领的脸正从窗外移向门口，四目相对，来不及掩饰的我们，让泪决堤……

"左臂已废，生活都无法自理，怎么干工作，我已经向单位提出内退，读书、'拆书'的事，我也就不参与了，安心进行康复训练。"在我替她擦拭眼泪时，她轻描淡写说着今后的打算。

职业生涯的止步，兴趣爱好的中断，再加上往后的日子就要和冰冷的康复仪器和枯燥的康复训练绑在一起。想到这里，我顿时暴躁不已："都怪姐夫！知道你不擅骑行，干吗还拉着你走那么险的路，没有了工作和生活，你要怎么过？！"

"你姐夫已经在我这里忏悔过一千遍了。他懊恼、自责，甚至在没人时狠狠扇自己耳光，他宁愿摔伤的是他。""你就一点儿都不生姐夫的气吗？"我不解地问。眼泪滑过脸庞，阳光照在她的脸上，她轻声说："我不生他的气，因为我们那么难得相遇，不是用来生气的。你也不许生他的气。生命中与你相遇的人，都不是来和你生气的，他们的按时出现，于彼此，都是一场修行。"

那个说好给我一只手力量的姐姐，此刻我分明感受到，她给予我的是全部的力量。这只手，将我从狭隘推向博大，让我在悲悯中察觉仁爱，在缺憾中感受美好。

岁月的美，就在于它流逝后再也不会回来。这一只手的力量，已足以温暖我此后的人生。

眼泪，无声地落在那幅《踏雪寻梅》画的顶端，淡淡浸润开来。

【玉指拂纤尘】

那粒漫不经心的种子

◇睢雪

一株百合的种子能够结出多少的果实，经过半个世纪的沧桑磨砺、云聚云散，我已经计算不出百合的数量。然而，父亲把一株百合送给患病邻居时的笑容，比百合花更灿烂；母亲为改变亲属家生活现状的含蓄语言，声声入心入肺，那声音响在燕子落脚的地方。那笑容，那声音，在50年风雨岁月中化作永恒的善意和召唤。

留住那粒种子，如同留住父亲的笑容，母亲和暖的声音。

我从小喜欢种花，把野花种在自家的小院里。在一个明媚的春天，我在山野挖到一株东北百合，漫不经心种在小院里。指头一

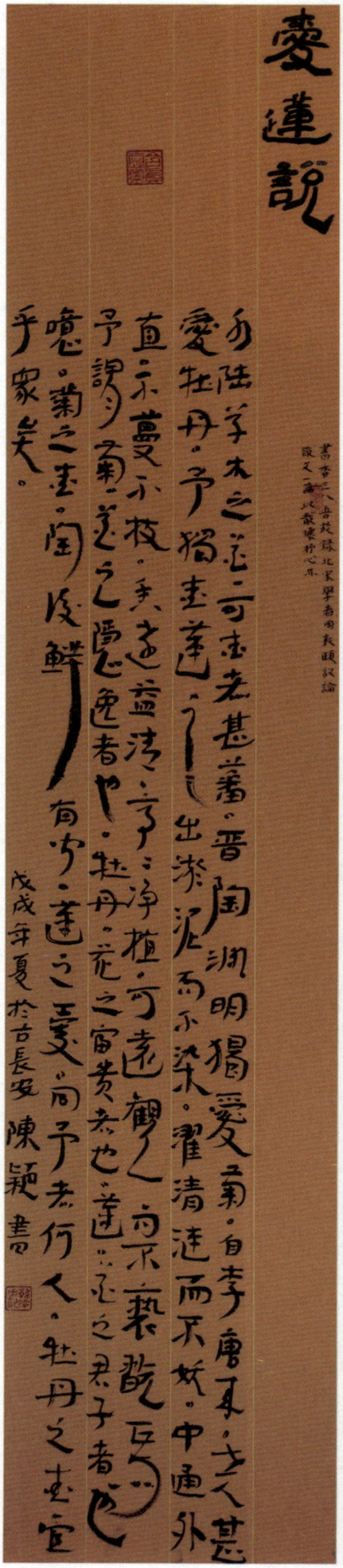

《爱莲说》（汉简体）陈颖　中建新疆建工（集团）有限公司陕西分公司　三等奖

样大的白色磷茎，如同家里种的小蒜头，没人在意它的特别。刚刚出苗时因为占用了父亲宝贵的田园，被父亲一把给拔了。因为根茎在，不久又诞生出新的小苗。后来父亲听说这种根茎能治疗气管炎和肺炎等疾病，如获至宝开始繁育。到了秋天，父亲把这些根茎送给患病的村民。就这样，一株没人在意的百合种子年年繁殖，年年开花，成为乡亲们的灵丹妙药。

我的老家位于吉林省的中部，我的婆家位于吉林省的大西北，是一片靠近沙漠的盐碱地。生活中有许多预料不到的事情，谁也没有想到那株百合越繁衍越多，居然传播到了我住在大西北的婆家，由为乡亲治疗小毛病到为贫困的亲属发家致富，成为生活中的“摇钱树”，这一转移，包含了父母怎样的友善情怀。

我的父亲为了乡亲，一年一年地种植着百合。那一年父亲迈不动步了，比母亲大 12 岁的父亲离开了我们。父亲的离世使我们体会到老人生命无常，于是，事后我和丈夫回一次婆家，看望老人。那一次探亲，我心如乱麻。丈夫老家的茅草屋空空如也，几位哥哥家也是贫困无助。经济在发展，可他们生活依旧。那情景触动了我的心。回到家，我无意中向母亲述说这情景。

母亲看着我没说话。那一晚，我陪母亲听广播，一则关于兰州百合如何走向市场的新闻让母亲听得十分认真。母亲听完不停地念叨：“百合真是好东西，能治病还能做菜，卖钱很贵哟！”不一会儿，母亲又对我说：“你说你的婆家太穷，他们不是有土地吗？人家外地人种百合卖钱，你再去婆家把咱家的百合种子送去点儿，让他们种着试试，也许能卖钱。”

我惊异，母亲听广播多了，知道发展经济了。但要把百合送到婆家繁育发展经济，可是无法实现的梦想。于是我说：“妈妈，咱家那一点点的百合，不够塞牙缝的，怎么能够让人家发展经济？”

母亲说：“你忘了，当年咱家一株百合繁育那么多，全屯子人都用上了。咱做一件好事，给大伙带来那么多好心情，大家都说咱是好人家。要知道涓涓细水汇成河流，你帮助亲戚家试试。咱这是帮助别人积攒温暖，何况又是你的婆家。”

“积攒温暖”，我明白了，积攒多了心中会有一轮太阳。我听从母亲的旨意，把家里的百合种子挖出来，大概有上千株，送到了婆婆家。在那里，只有生活最困难的四伯哥接受了，而其他亲属还不认可种这东西。

百合，一粒漫不经心的种子，在我的四伯哥家繁育了一年又一年。就在五年前，四伯哥家百合的收入远远超过了其他的收入。四伯哥家的茅草屋翻盖成砖瓦结构的新房，两垧地的百合大大小小有几十万株，都是那一株百合的子孙。四伯哥了解了百合的用途，细心地经营着，无论阴雨连绵，还是艳阳高照，总是精心侍弄。他也时不时送给村里一些患病的乡亲。百合由我的娘家到我的婆家，不知不觉度过了半个世纪的光阴。

父母传递的百合爱心，经历了50个春秋，已经成为我们生活中善的标志。这50年，一半在我的娘家，一半在我的婆家。百合的根茎素静地白，花动人地美，而且飘逸着动人的香。在我心目中，这些百合是父母抛洒的善之美。

看到四伯哥家的变化，我情不自禁写短信发朋友圈：百合有心灵，花一朵是一朵，种子一粒是一粒。每一朵花都能听懂人的心跳，每一粒种子都会知晓天地的规律。花说：欣赏我的时候要快乐，美丽只能奉献给善意；种子说：培育我的时候要有爱的情操，丰硕的成果需要传递。

那一夜的灯盏

◇张昱煜

当乡情在元宵节的灯盏里点燃的时候，思乡的心也跟着明亮起来。

那时候，我家做灯盏的大事都是奶奶在操持。“灯盏”也叫“灯馍”和“年灯”，是老家豫东平原元宵节的传统面食，寓意着年年前景光明、岁岁平安吉祥。

我老家不出产糯米，做灯盏的原材料主要是面粉。用沸水加食盐和面，不加任何发酵的东西，经过反复揉抓，最后要达到“三光”：手光、盆光、面光。把面和好后，做成中间有凹窝的模样。

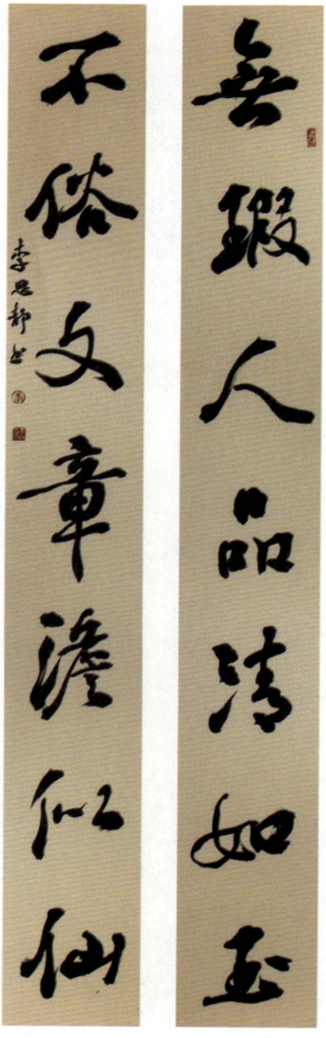

《无瑕人品清如玉 不俗文章淡似仙》（行书） 李思静

中国铁路广州局集团公司广州南站 三等奖

奶奶还会用从玉米秆上撕下的“黍蔑子”当作小刀，在灯盏上刻出莲花图案、元宝图案和飞鸟走兽图案。奶奶出生在大户人家，这些做灯盏锦上添花的绝活，都是从娘家带来的。有一次，我也洗手做了一回灯盏，还把灯盏捏出了狗牙边。

把做好的灯盏放在蒸笼上蒸成七八分熟，一个个精致的灯盏就新鲜出炉了。把它们排成一排，陆续摆在供桌上，再往灯盏里放菜油或棉籽油，用雪白的粗棉线当灯芯，灯盏立刻就是成品了。元宵之夜，一个个灯盏行使着它们的特权：接福迎祥，保佑家家风调雨顺，户户平安和美。

我家的灯盏做得多，做得大，也做得漂亮。供桌上的灯盏全部亮起时，小屋顿时一片明晃晃。此时，心底的幸福也跟着这满屋温暖的灯光一起升腾着。

一家人依次作揖祈福完毕后，紧接着就是送灯盏。虔诚地端着灯盏，把这一份份的吉祥送到大门口、堂屋门口、厨房门口，以及麦囤边、水缸边、鸡窝边、猪栏边、石碾边、水井边、磨盘上……好事成双，一边一个，对称摆放。此时的北方小院一片通明。灯花欢快地跳舞，袅袅油香扑鼻。点灯盏，象征着家家户户到处油（有）。听奶奶讲，她娘家当年都会摆上近百盏灯。

灯盏好像是长明灯，一直要燃到正月十七。其实，母亲会起身加油的，只是那个时候，我们或呼呼大睡，或出去玩耍，总认为这灯盏很神奇，燃了一天一夜也不会熄灭。

最期盼的就是吃灯盏了，经过燃烧的灯盏，周身已经焦黄。我们穿上花衣裳，拿起灯盏便吃，咬一口，硬度适宜，咸香有味，舌尖上真是享受。心

《寻隐者不遇》（山水画） 潘润冰
扬州中远海运重工有限公司
优秀奖

血来潮，还会与要好的伙伴交换灯盏来吃，你家的味，他家的味，我家的味，相互渗透着、融合着，是美食，也是美事。

有一次，我不解地问母亲，怎么把灯盏放在了粪堆旁？母亲解释说：“庄稼一枝花，全靠粪当家。”原来，灯盏不仅供奉着天地神灵，也敬奉着五谷丰登，供奉着一家老小的好日子。

遇到有讨饭的来村里，年幼的弟弟总是百米冲刺般跑回家，给乞讨者拿出又大又黄的灯盏。奶奶在一旁搓着手，努着嘴，笑着说：“咱家的孩儿，自小就心善，你看看，这才五六岁的娃娃，就知道体恤穷人啦！”眼神里全是赞许，用她的话讲就是“积善之家，必有余庆”。

童年的笛声，瘦了晨鸟的歌。30年前，我们举家南迁，在异乡“生根发芽”，再也没有做灯盏、点灯盏和吃灯盏的经历了。那沁入记忆的场景，在心灵的一隅独自芬芳着。

我居住的赣江之滨的小城，周边乡村的元宵节也非常热闹：吃汤圆、舞龙灯、划旱船、抬菩萨等民俗活动，一年比一年浓郁。我也追着赶着拍摄着，陶醉在欢乐的气氛里，陶醉在庄户人家的欢腾中，如同故乡就在身边。这“如同”里，有着对第二故乡的热爱，也有对千里之遥的那个北方小城的思念。

繁华落尽化乡愁，算起来，我已经20多年没有回故乡了。那时、那地、那人、那景，还有那圆圆的月亮，都在打扫着经年的往事。只是，我不知道，现如今，在故乡，元宵节之时，还会有人恭恭敬敬地做灯盏吗？

曾经的乡间民俗，养活着一代人的记忆。一岁年龄一岁心，人过四十，就喜欢回望从前，就喜欢活得清寂，就喜欢活得自然。把回忆敲成文字，并非字根局限的移植和流转，而是情感本身使然。对往事敬畏，就是在尊重自己。长明的灯盏，我问你，我说得对吗？

故乡今夜思千里，霜鬓明朝又一年。有家乡的人，是可亲的。把心中的这个平淡的什物端出来，游子的眼神与北方悄然对接，瞬间，心如灯盏！

岁月从不败美人

◇喻贵南

岁月，是个恒温箱，不温不火，不着痕迹，红了樱桃，绿了芭蕉，烘干了玉润珠圆。

有句话叫作“岁月从不败美人”。“真正的美人，在骨，而不在皮。”岁月，在美人面前，只不过是途经的过客。比如宋庆龄、何香凝、邓颖超等革命家，比如何泽慧、王明贞、

《清气满乾坤》（国画） 魏伟
淄博市公安局 优秀奖

谢希德等科学家，比如李清照、萧红、冰心等文学家。这些女性，丹心一颗，为国为民贡献着自己的力量，在世间，留下了经久不息的美。

古往今来，各行各业里，还有很多岁月败不了的美人。她们都像燃烧的蜡烛，不论是巨型如奥运圣火，还是纤细如生日蜡烛，在点亮自己人生的同时，她们也都点亮了别人的人生。因为优秀的品德，因为高尚的情操，因为自强不息的精神，因为美好的追求，等等。此刻，你我身边就有很多这样的女性。

说说卢光琇女士吧。“2017 年女性传媒大奖”，10 位女性榜样中的大奖得主之一，著名遗传学与生殖医学专家。78 岁高龄的她是当时颁奖典礼中年龄最大的获奖者。她告诉大家：“我 69 岁学习开车并顺利拿到驾照。我从来不觉得自己年纪大，也不觉得自己是女人就干不好。”在职场上的卢光琇，也是不断进取的榜样，她从 30 岁开始挑战试管婴儿科研项目，是我国生殖工程的创始人之一，被称为“天下子女最多的妈妈”。她曾获得国际国内专利 24 项，是 5 个学科的博士生导师，为中国医疗科研作出了巨大贡献。

望着白发苍苍的她，你有没有感觉岁月从不败美人呢？你有没有因为她对美好的追求以及自强不息的精神，而想起干旱中的令箭荷花释放出来的满满的正能量？

再来说说“60 后”花房姑娘何巧女吧。一个小县城走出来的女性，白手起家，曾因管理不善及被骗，多年辛勤的积累几乎全部打了水漂。而后的她依靠诚信、智慧及辛劳重新起步，步步为营，把生意做得风生水起。2015 胡润百富榜中，何巧女以 190 亿的身家排名女富豪榜第 9 位。何巧女从盆景销售员到花房姑娘，到承揽北京奥运场馆、上海世博会等园林景观项目的园林

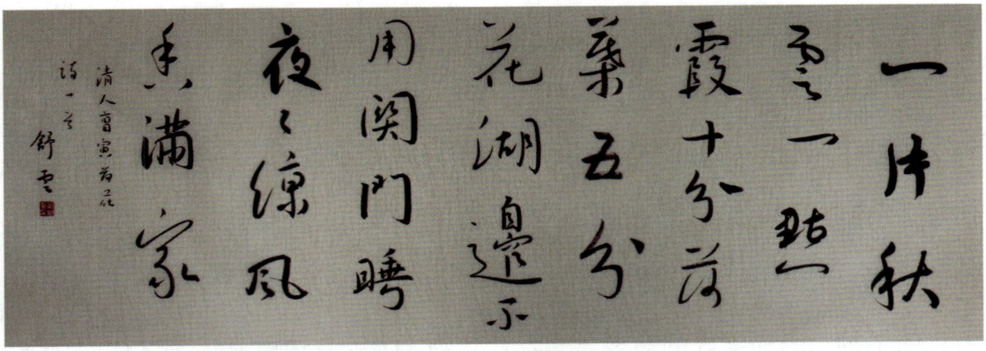

《荷花》（行书） 刘舒云　中国铁路西安局集团公司绥德工务段　三等奖

大亨，再到比尔·盖茨座上宾的女子，让世人瞩目。更让世人赞赏和感动的不是这些，而是她向人间播种的大爱。

2012 年，以“保护地球，保护大自然”为使命，她成立了“北京巧女公益基金会”，并以此为平台，致力于教育、扶贫、医疗、生态环保、中国传统文化等方面的公益事业。

2014 年，她捐出 6000 万元支持公益项目，深入水污染和土壤污染治理，要“让中国的河流没有污染”。

2015 年，她和比尔·盖茨及另外三位企业家，共同捐赠设立了中国慈善公益学院，进而推动国内公益慈善事业向着科学化、国际化和持续化的方向发展。

2016 年 1 月 28 日，在中国公益研究院发布的《2015 中国捐赠百杰榜》上，何巧女因捐款 30 亿元被尊为“中国慈善第一女”。

2018 年 1 月，媒体再次报道，中国女首善捐三分之一身家——96 亿元，来拯救濒危野生动物。她的善举不止感动了国人，也引起了包括美国彭博社乃至美国知名脱口秀《艾伦秀》的关注和称赞。

看了以上的相关报道，当有人提起何巧女时，你会想些什么？会不会跟我一样，为其自强不息的精神感叹，更为其优秀的品德及高尚的情操而感动？当其白发苍苍或多年以后，在人们的心里，我相信，她给人的感觉依然是“岁月从不败美人”。

而你我身边，还有很多看似平凡的女性，她们何尝不是岁月败不了的美人？也许，只需抬头，你我便看得见。如同此刻，我正在伏案疾书，而对面屋里，一位年过八旬的老教师——刘素芬女士。为了让老年人学会用拼音打字上网，方便用文字跟远方的子女交流，她正在教长沙省委大院附近一群老年人学拼音。这位高级老师退休后，一直发挥着自身的余热，不是教人学英文，就是教人学方块字。她自己虽然身患糖尿病，但一直坚持免费授课，且如当年站在讲台上一样，教得一丝不苟。

她的一举一动让人觉得，她的身上有着一层圣洁的光环，令她显得年轻而又美丽。就如同此刻在楼下打扫卫生的张奶奶。退休前，张奶奶同样是一名清洁工。退休后，她每天都会帮着现任的清洁工打扫卫生。

而楼下的另一边，满头银丝的医生赵奶奶，又在热心地帮邻居解答病痛方面的相关咨询。

这些女性，她们都是“岁月从不败美人”的代表。因着优秀的品德，因着高尚的情操，因着对生命自强不息的美好追求。这世间，也因着芸芸众生，滴水成溪，才会如此美好！

猗猗兰香远

◇尹慧

如雪在画一幅兰花。

花瓣画完之后在半干半湿的时候用浓墨点点花蕊——这是画兰的最后一道工序。如雪将画笔搁在笔架上，拎起画页的两个上角，仔细地端详了一番，满意地铺在条案上。又拿起毛笔，以行云流水之势，在空白处用行书题字：不与桃李争艳，不因霜雪变色。鼻翼翕动，似有幽幽兰香飘过。

同样嗅了一腔兰香的，还有如雪的大哥。

如雪明白，大哥是揣着一颗惴惴不安的心来的，临了，捧着一颗安安生生的心回的。想到这里，如雪忍俊不禁。

昨天，大哥来了。这很意外。大哥跟父

《争上游》（工笔画） 何津锦
贵州紫云农村商业银行股份有限公司
三等奖

亲一样，轻易不打扰别人，如雪结婚多年，大哥还是第一次不请自来。

“老妹，早晨在老姨家有人问我：‘小雪在朋友圈天天发的啥广告啊？’老姨家二妹说‘我知道’。再就谁都没下音了。我寻思，我有必要来你家一趟了！”大哥端起酒盅，咕噜喝了一口酒，打开了话匣子。

冰雪聪明的如雪一下子明白了大哥的来意。她往大哥的碗里夹了一块红肠，莞尔一笑：“大哥，从你踏进家门的那一刻，我就明白了，你是代表咱爸咱妈来看我的啊！”

“哈哈！”大哥扬起头，爽朗地笑了，“人家不是说‘长兄如父’嘛，这么大的事，我必须得来啊！爸妈不在了，你说，大哥有生之年不想看看这个弟弟那个妹妹的吗？”

“那个地方？……哦！”如雪的问放刚出口，便恍然大悟。大哥哈哈大笑，如雪也跟着笑了起来。

“好！大哥，你接着说。”如雪又给大哥斟满酒，抬起脸，等着听大哥的下文。

“那什么，老妹呀，这人啊，在社会上立足，不管有钱没钱，都要谨慎行事。钱没了，咱们可以慢慢挣，是吧？但是，爸爸不是经常教育咱们嘛，叫‘君子爱财取之有道’，是吧？”

大哥是个心思缜密的人，说话从来都是滴水不漏。这一点，大哥继承了妈妈的优点。但如雪还是听出了弦外之音。她知道，大哥这番话是有所指的，那就是她目前所从事的中药膏贴事业。大哥肯定跟其他人一样，误认为如雪进了传销组织。传销是违法的。

大哥的话已经说到这个份上，剩下的，大哥不便明说，如雪觉得自己有必要挑明了。

“大哥说得好！小时候咱爸还教导咱们‘冻死迎风站，饿死不倒槽’，大哥也不会忘记吧？”

“对！有这句话！”大哥连连点头，喝了一大口酒。

“大哥，爸还常跟咱们说一句话，叫‘饿死是小，失节是大’，对吧？”

“没错！就是这个理儿！”如雪把大哥想说又不好意思说的话和盘托出。

“大哥，咱们小时候有这么好的家教，时刻规范着我们的行为。这么多年，我一直以爸爸教导我们这些安身立命的标准约束自己，不曾越雷池半步，以前是，现在是，将来还是。

“大哥，今天老妹告诉你一个从不被人知的秘密。20 年前我在报社工作的时候，我出去采访一个百万富翁，他赤裸裸地跟我说，让我做他的‘老铁’，什么工作也不要做了，他每年给我 20 万元开销，并让我不用马上决定，考虑成熟了再告诉他。我立马义正词严地告诉

《养浩然正气 极风云壮观》（行书）
刘婷华
无锡特殊教育学校
优秀奖

他，在我的字典里，从来没有‘老铁’这个词！

“大哥，20万，20万啊！换个人，肯定动心！那时候，就是爸爸教导我们的‘冻死迎风站，饿死不倒槽’的做人标准提醒我，为人一世，必须做一个堂堂正正的人！

“所以，从那时到现在，你老妹挣的每一分钱都是正当的。现在经销的中药膏贴是信得过的好产品，企业讲诚信经营。对患者，产品无效可退款；对代理，不想做了可退货。大哥，传销有货可退吗？我们只不过是通过把线下的商品搬到线上来批发零售，拓宽营销渠道，仅此而已。”

“哦，这还差不多。”大哥舒了口气，又大大地喝了一口酒，把带来的疑虑徐徐送到了肚子里。

“大哥，你看我的进货账，还有出货账。”如雪起身拿来两个账本，翻给大哥看。

“我又不是来查账的。”大哥嘴上说着，眼睛却一直在一行行文字与数字间看着。

末了，如雪又把手机上的出账入账红包给大哥翻看了一遍，并把第二天要发货的清单让大哥过目。

“嗯嗯，靠谱！靠谱！”大哥边看边赞许道，“好！这才好！”

这顿饭，大哥喝了足足有一斤白酒，下桌时，居然跟没喝似的。

如雪知道，大哥吊在心里七上八下的桶，一个一个稳稳地落在心底了，喝下去的酒自然不会折腾了。

大哥在客厅住了一个晚上。客厅的窗台上植了四盆兰花。大哥第二天欣然打道回府，他把一句“这回放心了”关在了如雪的家门里。

此刻，如雪驻足于堆成小山的中药膏贴前。感恩，在她的家庭生活跌入低谷时，这份及时雨般的事业带给她的物质收获与精神慰藉。

一股兰香扑鼻而来。如雪惊喜地发现，窗台上，她养的兰花静静地盛开了！

她屏住呼吸，静赏高雅的兰花之美、幽远飘逸的兰花之香、皎洁无瑕的兰花之纯。

如雪知道，她爱兰更多的是兰的君子风韵。

由此，她想到了她的团队，一群用心传递健康、用爱成就梦想的人，打造良心企业，出售拳头产品，全员热心公益事业，每个人都是生活的强者，他们不正是一株株一丛丛高雅而又皎洁的兰吗？“悬诸石壁而蓬勃向上，陈于庭堂而不炫不亢”，千姿百态，娟秀清雅。与他们相处久了，无意间会增添“坐久不知香在室，推窗时有蝶飞来”的情趣。

如雪俯身低头，深深地嗅了嗅淡淡的兰香，“西风寒露深林下，任是无人也自香”，如雪小声地叨念着，像是说给兰花听，也像是说给自己听。

回转身，走向书房，去创作她的另一幅兰草图。

一支钢笔

◇郑能新

真的无法形容，那是一支怎样精美的钢笔。紫里透红的笔杆泛着诱人的幽幽光泽，白中带青暗显道道直纹的笔帽发出高贵的晕晕光芒。支书儿子安邦从书包里拿出它的时候，一下子就亮了全班同学的眼睛，个个都直愣愣地看着安邦，他的手移到哪里，大家的目光就跟向哪里。在那个只用得起铅笔或廉价圆珠笔的特殊年代，能拥有这么一支漂亮洋气的钢笔，可是件了不起的事。

安邦高傲得像个王子，在全班同学一片啧啧声中，昂首挺胸大摇大摆地走进走出。上课时，还有许多同学把羡慕的目光投向他。

我很早就想拥有这样一支钢笔，但我知道我的家境将会无限延长我的梦想。因此，我总忍不住要多看几眼那支钢笔。后来，时间一长新鲜劲也过了，安邦不再视它为珍物了。见我依旧还用贪恋的目光看它，安邦就偶尔借给我用一用。我用这支钢笔的时候，做起作业来得心应手，写起作文来行云流水。它，比我那支自制的小水竹竿里塞一支笔芯的圆珠笔好使多了，用着它，我心中充满了无限的遐思……

可是有一天，支书儿子安邦要用那支钢笔的时候，却怎么也找不到了。特殊的人丢了特殊的东西，这还了得！于是，我们班上掀起了轩然大波，全班如临大敌。班主任在课堂上连续重复了三次，说："谁拿了钢笔，赶快交出来。如果怕人知道，也可以趁没人时偷偷放到安邦的书包里或放到老师的讲台上。不然，查出来了不管是谁都要出他的洋相。"两天过去了，那支钢笔就像是人间蒸发了一样依旧没有下落。那天下午放学时，班主任就把我们召集到操场上，排成长队，说校长马上就要来逐个询问，谁的脸红了，就是谁偷了钢笔。一时间，全班同学都惴惴不安，忐忑地等待那个令人心焦的时刻。

校长迈着威严的步子走过来，班主任尾随其后，从头到尾，一个个地盯着同学们的脸看。一个过去了，又一个过去了。校长和班主任的脚步越来越近，我忽地感到心中一阵慌乱，原来强行压制不让自己脸红的意念顷刻间消失得无影无踪。我想到我曾有过对这支钢笔的占有欲，也想到我是班上借用这支笔最多的同学之一，我的脸不由自主地发烧起来，继而，感觉到连耳根也滚烫起来。校长和班主任在我面前站定，两双眼睛像刀子一样在我脸上划来划去，我顿时感到自己无地自容，仿佛真的成了一个人人唾骂的贼子。我不知道以后的时间是怎么过去的，只知道自己准备离开校门时，班主任喊住了我："你明天把笔带来。"我说："我没拿。"班主任说："但是，全班就你一个人红了脸。"我无言以对。我感觉到周边同学的眼睛又一次唰的一下扫向了我，这一回，我这个"贼"的名声是背定了，甚至，它将像烙印一样嵌在我身上伴随我终身！那一刻，屈辱的泪水夺眶而出。把名节看得比生命

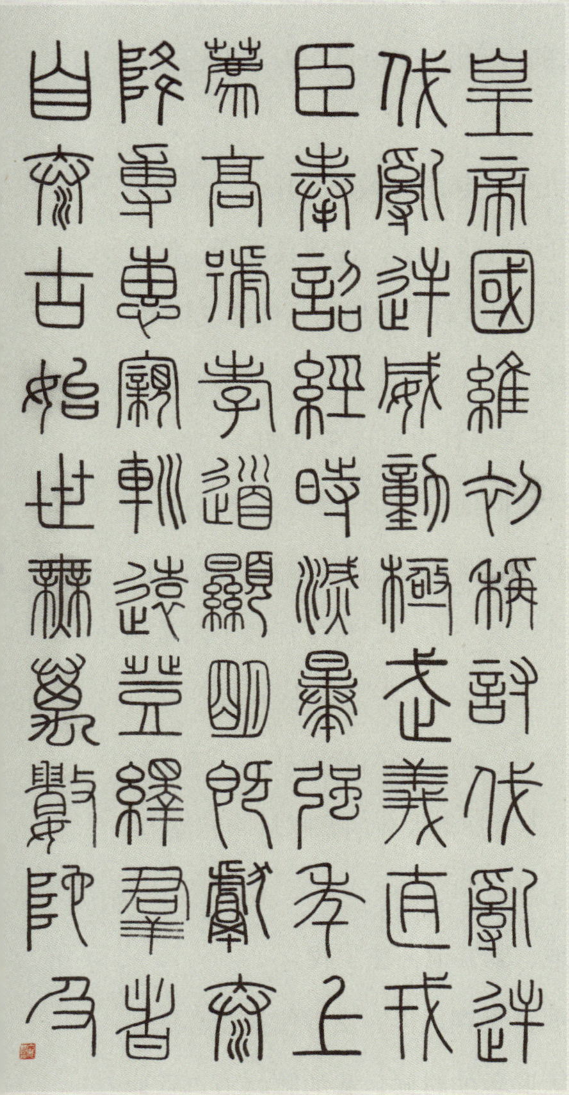

《峄山碑〈节选〉》（篆书） 庞若筠
山东莱钢集团公司
三等奖

都重要的我浑浑噩噩地回到家，躺在床上说起了胡话。我不敢向善良的父母道出真情，生怕伤害了他们那颗正直的心。父母对我宠爱有加，一直教我做人的道理，如果他们知道儿子在学校被当作贼子，他们那张老脸将往何处放呢？两天后，父亲还是从别的同学那里听到了这件事。父亲默不作声，走向猪栏，抓起我家刚刚饲养了两个多月的唯一的一头仔猪走了出去。父亲回家的时候，手里拿着20多元钱，对我说：“我知道你没拿，但别人却不相信。赔给他，受点儿委屈多一次教训。”父亲说得斩钉截铁。就这样，父亲在我并不情愿的情况下，带我到镇上的文具店里花5元钱买了一支相同的钢笔交到了老师手上。

第三天上课的时候，班主任面对全班同学声称，支书儿子的钢笔已经找到了，并说是我在操场上拾到的。全班同学都把目光转向我，像约好了似的一齐笑了起来。还有一个不大的声音说：“怕是在人家书包里拾到的吧。”

当班主任把我买的那支钢笔交给支书儿子安邦的时候，安邦一下子站了起来说：“我的钢笔没有掉，是我爸外出开会时带走了，他到县里开了四天会，昨晚回来，我才知道这事。”说完，安邦还向全班同学展示了他那支钢笔。钢笔依旧，紫里透红的笔杆泛着幽幽的光泽。

那一刻，全班都静了，教室里就是落下一根针也可以听见响声。好久，班主任才低沉着嗓子说：“在这里，我诚恳地向国宗同学道歉，是我的武断冤枉了他，也是我不分青红皂白逼着他赔出这支钢笔的，这件事情到此为止。国宗是个好同学，今后不准任何人说他半个字！”说完，班主任双手郑重地把那支钢笔交回到我的手上。

就此一刻，忍受了多天的委屈和屈辱的我，情感闸门就像被人一下子拉开了，热辣的涕泪夺眶而出，奔涌而下。一声压抑得太久的悲咽从胸腔撞出，随后，伏在课桌上放声大哭起来。

班主任和同学们都围拢来，他们无声地、紧紧地拥住了我。

污名是洗刷掉了，但是，从那以后，我再见到这样一支曾使我倾心痴迷的钢笔就心惊胆战，而且一遇到有人要看人脸色的时候，我的脸就不自觉地绯红起来。

寻找生命的虚静之道

◇孙昱莹

《水流影在》（色彩画）　陈晖
安徽省宣城市第一幼儿园
优秀奖

第一次接触“虚静”这个词，是在中国美学史课上。那是一个阳光明媚的上午，光线慵慵懒懒从斜南的窗户射进教学楼，使得我心底有一丝虫咬似的灼热。研二是个分水岭，失去了刚入学的热忱，又对正在消逝的时间感到焦虑，上什么课都难免心猿意马，分心去考虑诸多恼人的工作和人际关系。那门课的授课老师是本地一位著名诗人的女儿，也许是因为长久受到诗气的熏染，她素面雅装，声音洪亮却不刺耳，反而给人温婉毓秀之感。她喜欢庄子，便让学生们课后提交一篇关于庄子的论文。为了应付作业，我硬着头皮去翻阅庄子的经典之作，寻找可以立题的论点，结果就与这“虚静”相遇了。

在课本里，虚静是一种处世哲学，一种文化涵养，一种审美精神。

老子最早提出“致虚守静”，认为空虚而宁静应是万物的本质。后来庄子继承并发展了虚静的内涵，“天地有大美”，美的最高境界是“道”，而“虚静、恬淡、寂寞、无为”是万物之本，是达到“道”的方式。所谓虚静，可以作为一种精神修养的方法，虚静的心态，其实就是“无己”“无功”“无名”，不为功名利禄这些外物奴役。我终于明白为何我的老师喜欢庄子，为什么她给人不一样的气质，虚静的境界应是修养心性的至高层面。

这正是我所需要、所渴望的境界。对我而言，“生活在别处”一直是一种向往。尽管米兰·昆德拉以此为题的小说，实际上是批判的态度，我却依然怀抱着这样的理想去寻找那“别处”。“别处”，是向往的所在，更多是指不能到达的远方。我的“别处”，可以是寂寥无人的山野，也可以是落日昏黄的海滨；可以是大漠孤烟，也可以是林海雪原。总之，它应该是安静得能寄托灵魂的地方，没有纷杂人事，亦没有欲望纠缠。而虚静的心态，不需要外物的“别处”，那个“别处”在于内心的修养。通过修心，脱去所有的心灵负荷和拘束，进入逍遥自由的境界。

大学毕业后的几年，我不知不觉中积累了过多的心灵负担，生活节奏仿佛彻底失控了，每天大大小小的事情让我心烦不已：工作越积越多，小说写到瓶颈，委身于各种考试的复习，还不得不面对各式各样复杂的人际关系……总感觉压力变得越来越重，压得自己喘不过气来。前不久，看到从前大大咧咧的小学同学都把个性签名改成“活着就得使人感到威胁”，更让我体验到现代人愈发紧绷的危机感。欲望永无止境，灵魂不断压缩。每天与生活短兵相接，不知何时就会产生莫大的恐慌与精神空洞。

在淹没于繁芜的日常生活中时，人对于哲学、对于理性，很容易产生惯性的漠视和不思考。环境让人心弦紧绷，焦虑的情绪催生了各种快餐式的文化怪胎，这时，盲从潮流就会成为掩饰内心空虚的门帘。有一年夏天，我不想阅读任何书籍，不想写任何文字，沉迷于网络上那些宫廷权斗、霸道总裁一类的注水剧。这类剧无论剧情多么狗血，三观多么堪忧，只要能让人获得短暂放松，就会赢得上亿的点击率。这些观众（也包括我在内）看这类剧，不过是追求感官刺激。只是后来我发觉，短暂地释放压力后，人反而感到更加空虚，什么也没有获得。个体生命如此渺小，无法违背自然与社会之道，随波逐流是一种生活方式，却永远不是终结。

《吹笛子的小女孩》（油画） 罗婷婷
华能新能源股份有限公司广东分公司
优秀奖

我需要寻找一条精神道路，远离压力的控制。虚静，恰是这样一条道路。虚静的心态让人超越世俗物欲、超越功名利禄、超越个体自我，享受生命的自由恬淡。学着放空自己，学着心怀一份出离，使我再次捡拾起阅读的习惯。英国作家毛姆曾说："养成阅读的习惯可以为自己筑起一座避难所。"痛苦、烦恼、灾难，都可以在静心阅读中被挡在生命之外。阅读让我和老庄的"虚静"相遇，让我重新找回自己曾经拥有过的平静，更走进一种"孤独"的状态。虚静的道路上，安于孤独难能可贵。孤独不是孤单，也不是独处，而是一份不随波逐流的态度，是一种对精神处境的体验。照见内心孤独的人，才有机会走入自我的世界，以独立的意识审视自我，实现心灵世界的静谧。这种状态并非是不合群、脱离群体、没有集体观念，而是在深度地思考，在体悟现实与群体间的矛盾。比如，在劳碌的空隙，拿起一本一遍无法读懂的《百年孤独》，你也许在老祖母乌苏拉身上看到女性的温暖和博爱，也许透过布恩迪亚家族的兴衰瞬间看淡俗世荣辱，又也许只对失眠小镇马孔多倾注了喜欢和兴趣。但是这片思考时光只属于你，这时你放下心间烦恼融入书中世界，感受到你在这本书里，拥有一段收获、一点儿心得、一丝疑惑、一份感动。理想的人生境界，恰是在不断自我修养中实现心性的转换。

当然，阅读只是一种方式。品茶、冥想、写字、画画、研习音乐……脱身于外界环境压力的方式很多，重要的是去获得真正的精神满足，而非饮鸩止渴式的暂时缓解。古人向我们传达的虚静，是心灵内在转化的体道方式，是为我们提供了修养的路径。寻找生命的虚静之道，就是在寻找属于自己的涵养心灵之路，走向淡然无极的人生境界。

【善心映日月】

冰雪消融万物生
一片精诚
日月明
世人何幸获初心
浩然正气如登

佛前一朵莲

◇尹慧

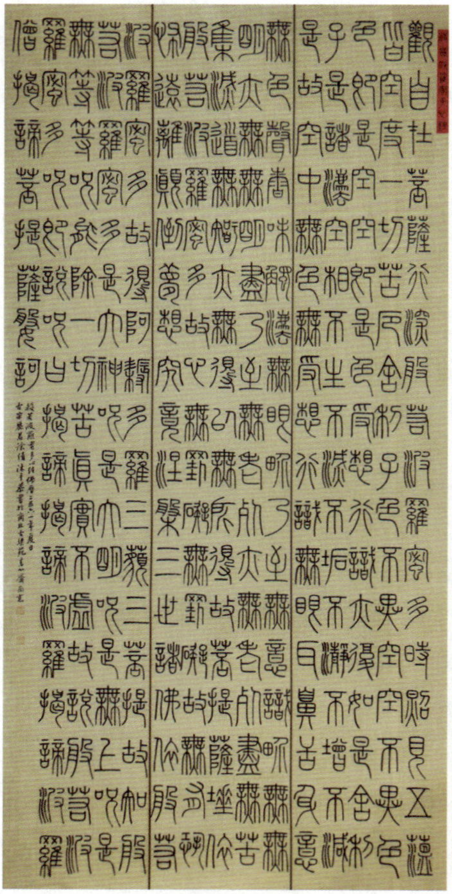

《般若波罗蜜多心经（释文）》（篆书） 徐
河南省豫东监狱 三等奖

2016年9月2日，农历八月初二，81岁的妈妈走了，生命最后一刻，她面色鲜活，安然睡去。

妈妈临终那天和在家停放的两天，天空一直下着小雨。乡亲们说，老天哭了。

妈妈出殡前一刻，雨停了，东方乌云一点一点散开去，露出了水洗过的太阳。乡亲们说，妈妈有一颗佛心，做了一辈子善事，老天爷在奖赏妈妈亮亮堂堂地离开人世。

妈妈有一颗佛心，我是知道的，从小就知道。

有人说，佛心待人，自己即佛。

我却认为，妈妈更像佛前一朵莲。静默的莲，尽平生之力驱污去浊，坚守圣洁的心灵，高昂不屈的头颅。

妈妈的一生亦然。纵然生存环境清冷，纵有邪恶污秽侵扰，依然故我，以洁美绽放，回报世界以万般美好。

一个人能够“出淤泥而不染”需要极高的觉悟和定力，而这一切，都是以“善”为积淀的。

妈妈的善良，塑造了她饱满的人格。

妈妈是个大善人，妇孺皆知，有口皆碑。生前身后，只要提起她，没有人不竖大拇指。妈妈征服了众人的，当然是悲悯他人、善待他人的义举。

曾经听奶奶讲，“三年困难时期”粮食不足，每天生产队只分给每户半斤口粮。

那时候，爸爸和二叔已成家，都和爷爷奶奶一起过，大人孩子加起来十几口，每顿饭只能喝粥度日，有小孩子的，都把干的给孩子吃，大人最后只能盛几碗米汤喝。

那年 10 月的一天，母亲的哮喘病犯了，足足咳了一天。吃晚饭时，母亲已经虚脱得不成样子，肚子里没有食物，连咳的力气都没有了。

爸爸把我大哥和我大姐吃的米粥匀出半碗给母亲，母亲执意不肯吃，爸爸佯装生气说：“你不吃饭，病不好，3 岁的儿子谁照看？”

妈妈觉得爸爸说得在理，端过碗刚喝了一口，忽然听见敲窗的声音。

窗外，一个老者，右手拄着一根木棍，左手端着一个大碗，操着南方口音，努力地透过窗户玻璃望向屋内问：“大叔大婶大哥大嫂帮帮我吧，我从江苏来，家里生存不下去了，过来逃荒，一天没吃饭了，给口米汤喝吧。”

隔着窗子，听得出老者虚弱的声音。6 岁的大姐翻身下地，吼道 ：“我们还吃不饱呢，哪有粥给你喝呀 !”

“回来。”妈妈制止住我大姐。随即把她手里的粥碗递向炕边的爸爸吩咐：“让闺女把这碗粥给老大爷端过去。”

“你？”爸爸的眼睛瞪得溜圆，“你病得这么厉害，一天水米没打牙了，从孩子嘴里省出来的粥，你不喝，给他？”

妈妈突然咳了起来，是急的。她说不出话来，扭过脸去，向爸爸挥了挥手，做了一个让爸爸把碗拿给我大姐的动作。

爸爸知道，妈妈乐善好施，没人能阻止得了她。

大姐哼了一声，跺跺脚，端着粥碗走到窗下，把粥倒给了老者。老者千恩万谢道 ：“谢谢，谢谢！哎呀，活菩萨啊！好人好报，好人好报！”边说边往院外走去。

妈妈突然对爸爸说 ：“快去，把老人家叫回来！”

“咋的？后悔了？想把粥要回来？”爸爸又把眼睛瞪得溜圆问道。

“不是，天都黑了，让他到哪里过夜？快叫他回来住一晚，明天吃完早饭再走。”

那一晚，老人享受到了久违的家的温暖。

那一天，我的大哥和大姐懂得了 ：一个和善的微笑，一个温馨的举动，哪怕瞬间闪过的善意的念头，都会在他人的生命里开出温良的花朵，擎出光明的灯盏。

待人友善，不计较得失，没有报复心，用慈悲之心看待世界，用理智的头脑来对待人生。这是妈妈又一被值得称颂的高尚品格。

在我 10 岁那年，一个夏日炎炎的中午，妈妈正在睡午觉。

突然，弟弟大哭着跑进屋里，惊醒了熟睡的妈妈。

定睛一看，弟弟的额头流着鲜红的血。妈妈霍地一下坐起来，睡意全无。赤着脚下地，把弟弟抱进怀里，拿起毛巾边擦拭血迹边问："怎么弄的？"

话音未落，只听扑腾扑腾的脚步声由远及近。伴着含混不清的吵嚷声："打死你，不打死你不行……"

妈妈一惊，想看个究竟，还没等妈妈站稳脚跟，一个人闯进屋门。妈妈定睛一看，原来是村里的智障儿二春。

二春闯进屋来，挥起手中的木棍，向弟弟劈去。

妈妈用手抓住木棍，大喝一声道："干什么你？住手！"

二春一下子被震住了，扔了棍子，蹲下身子，蜷缩在屋子角落里，抱着头，

《溪山清音》（水墨画） 邢卫星
中国建行银行股份有限公司无锡分行江阴支行 优秀奖

用眼睛余光偷偷瞄着妈妈。

妈妈回过头来问弟弟：“你是不是招惹二春了？”

“没有，我从她面前过，她要我手里的黄瓜，我不给，她就撵着打我，我站住吓唬她，她一棍子就打在我脑袋上了！啊……好疼啊……”

弟弟边回答边捂住伤口，不让妈妈擦。

“好了，好了，没事了。”妈妈说着并在弟弟的伤口上抹了紫药水，简单包扎了一下伤口。

二春还蹲在墙角，妈妈的断喝让她清醒了，她知道自己惹了祸，不敢作声，也不敢动。

妈妈看着她那可怜兮兮的样子，一阵疼惜涌上心头。

妈妈伸手去扶二春，二春吓得抱紧头，哆哆嗦嗦地说：“别打我，别打我。”

“婶不打你，来，婶给你好吃的。”

一听说好吃的，二春一下子来了精神问：“哪儿呢？哪儿呢？”

《家乡》（水彩画） 秦亚楠
中建三局一公司钢结构分公司
优秀奖

“先洗洗头，洗干净了，再给你好吃的。”妈妈边说边从二春蓬乱的头发上摘下许多草末。

“嘿嘿……呵呵……有好吃的，有好吃的……”二春乐得直蹦道。

妈妈给二春洗头、洗脸、洗手。弟弟拽着妈妈的衣襟，狠狠地说：“妈，不给她洗，她都把我的头打破了！”

妈妈笑着对弟弟说：“假如你是她，希望不希望我给你洗头洗脸洗手呢？”

“希望。”弟弟乖乖地说。

把二春洗得干干净净，妈妈又给二春摘了一兜黄瓜，用柳条筐装着，把二春送出了院门。

站在大街上看热闹的邻居们，见焕然一新的二春挎着黄瓜、嚼着黄瓜出了院门，都说妈妈傻，自己孩子被打了，应该让二春的爸爸妈妈给孩子看病才对，还给她洗这洗那，太傻！妈妈笑而不答，妈妈知道，他们虽然嘴里说她太傻，其实心里是敬佩的。

带着慈悲心去帮助贫苦无依的人，带着感恩心去报答有缘人，她一生津津乐道。

秋虫啁啾，妈妈驾鹤两载，其大德与大慧 ，却如圣洁的莲花历久不败，弥香世代……

大山里的蜜罐花

◇宁雨

蜜罐花是一种生命力极强的小花。黑黢黢的石头，硬生生裂开一点儿穴隙，一蓬敦厚凝碧的植物从中间挤出来，匍匐着身子，伸展，再伸展，青枝绿叶托起一串颟顸的花苞，经由一场雨的点拨，那花苞一夜之间绽成美丽的花盅，紫红的热烈中自有素雅宁馨的神韵。

蜜罐花作为山间的野草花，普通得不能再普通。夏秋两季，到处都能遇到它的影子。穿开裆裤的孩童，十三四岁的闺女，玩着，耍着，劳作着，顺手摘下一盅蜜罐花，放在嘴边轻轻一嘬，蜜一般的浆汁吸进去，甜美的滋味从舌尖漾开去，漾到眼角眉梢，漾到心窝窝里。那是甜的启蒙，人生的初甜，越回味越悠长，越回味越刻骨铭心。

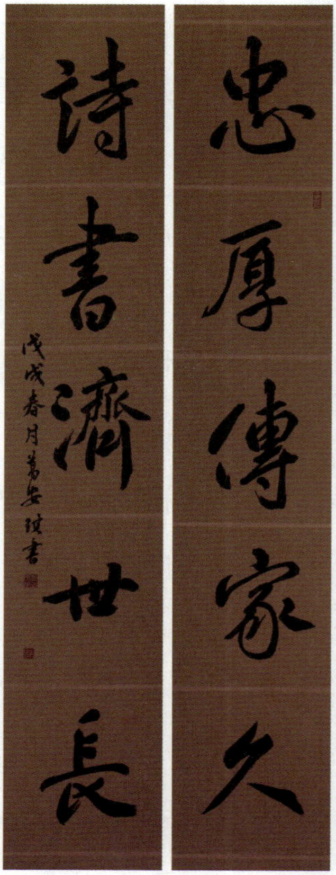

《忠厚传家久　诗书济世长》（行书）　葛安琪
华能浙江清洁能源分公司　优秀奖

作为甜的启蒙者——蜜罐花，这种太行山里最普通的野草花，也就拥有了与其他野草花本质的不同。它明白：花开得好不好，甜不甜，不在于外表，而在于一种心气，在于一种志向，在于一种善的内在。于是，它把自己生命的姿态放得很低很低，不畏贫瘠，匍匐生长，卑微到极致。也正是这身躯的匍匐，让它拥有了最大的福分，摄取山川大地全息的能量，与大山浑然交融，同根同命，生长得饱满从容，成就了精神上的宽博与巍峨。

在太行山，找到蜜罐花，就能了解到许多与花与山有关的故事，进而探寻和感悟最善美的人生与最高贵的品格。

有个农民作家叫刘富琴，我称她富琴姐。富琴姐的家，在太行山最北部的山沟沟里。家里姊妹多，日子过得非常清寒，别人念大学的时候，她不得不打工、嫁人、生娃，别人为私家车没处停或衣橱里的衣服太拥挤而发愁的时候，她正租住在车库里，每天工作 10 多个小时，只为了挣一份果腹的饭菜并攒一点儿出书的本钱。四十大几，打工之余，支撑着病体，她每天写作到深夜。近五十万字的长篇小说《山沟沟里的女娃》，1500 个日子完成。书终于出版了，她捧起自己的作品，就像捧着自己的生命，喜极而泣。卖书，她首先想到的不是挣钱脱贫，而是家乡的穷孩子，她不希望他们再走她的老路。她加入了公益组织，每卖一本书就捐出 5 元钱资助贫困学生。我不敢说富琴姐就是一株开在太行深处的蜜罐花，那样说未免太矫情。但我知道，她是吸吮着蜜罐花的浆汁长大的。

蜜罐花之所以走入我们的视野，走入我们的生活，走入我们的命运，是因为有一种力量，总跟这最普通的野草花一样，在最艰难最无望的时候被春风春雨唤醒；是因为有一种情怀，总是跟这最普通的野草花一样，在最甜美最幸福的日子，为善良为慈悲为梦想而燃烧。

石家庄离一家大医院不远的公交车站，有个英俊小伙怀抱吉他自弹自唱，他面前放着一个纸箱，纸箱中竖一块牌子，毛笔字清清爽爽坦坦荡荡写着：不为取悦，只为生命，希望朋友们理解！小伙子是为生病的爱人而在街头献艺的。等车者、过路者，纷纷驻足，打开钱夹，往纸箱里放下1元、2元、5元、10元，参与一场爱的众筹。他们中有羸弱无力的老者，有温婉的中年女子，也有不少青年女孩。有的人，本来已经走过去了，远远地站着，听一会儿歌，又回来，庄重地弯下腰，往纸箱中安顿下自己的一点儿心意。

这暖心的情景，于石家庄这座太行山脚下的城市，不算什么新奇。可是，刚刚从太行山里看了蜜罐花，我心里的感动，便与以往有了些许的不同。自然界中，蜜罐花的甘美，它自己是无法品察的。同样，在人世间，只有以生命体味生命，以生命体恤生命，以生命滋养生命，甘美之味才得以定义，得以诠释，得以弘扬。因为爱的众筹，一朵花和一群人在精神的场域里相遇、相契。

在网上百度蜜罐花，方知道它的学名叫地黄。地黄，在《本草纲目》中记载，有助心胆气、强筋长志、安魂定魄的作用。盛开的地黄花也神妙，阴干之后与粟米一起煮粥，是滋肾、清热、除烦、止渴的秘方。从药性上不难看出，地黄属于性格清远的植物，元神充盈，内气浑厚。

据说，每一株植物皆有神的面孔。每一个女性，都对应着一朵花神。我喜欢蜜罐花，它的每一个花盅，都是一盏善之灯，以甘美度化人生。

《荷塘秀色》（工笔画）路敏
陕西省渭南市城投集团有限公司
二等奖

四目相对的瞬间

◇李子燕

前些日子，在燕窝书馆的悦读创意课上，我播放了微电影《另一只鞋子》。短短的几分钟视频，令学生们唏嘘不已，说到“感点”，大家出奇的一致：四目相对的瞬间！

人们常说“眼睛是心灵的窗口”，无论心藏黑白、真假、善恶，都会不自觉地从眼神流淌出来。影片的背景是一个小火车站，主人公是两个年龄相仿的小男孩，因身份和地位的差异，脚上的鞋子有天壤之别：穷孩子的“人字拖”破旧至极，其中一只无法再穿了；富孩子锃亮的新皮鞋，则一尘不染、光可照人。穷孩子的视线，从自己脏兮兮的脚丫上转移到那双崭新的皮鞋上，羡慕、渴望的情绪透过屏幕牵动着无数观众的心。如果可以，相信很多人愿意伸出援手，用不同的方式送给穷孩子一双新鞋。哪怕只是一双可以穿的“人字拖”也好。

然而，在那个行色匆匆的车站，人们忽略了角落里孤独的穷孩子，忽略了他赤着的脚丫、破旧的衣衫、蓬乱的头发、无奈的生活和渴望的眼神。他实在太不起眼了甚至连他自己都觉得像尘埃一样卑微，因此当鞋坏了之后，他跛着脚坐到墙角的石头上，而没敢坐到站台中央光滑的长椅上。这种选择，是一个人对自己本能的定位，也是贫富差距给人的心理暗示。

再看看那个富孩子:从一出场,那双新皮鞋,就被他干净的手帕呵护备至，走路的时候擦拭，坐在长椅上擦拭，上火车前还在擦拭；家长在身边守护着他，他的衣着、眼神是与穷孩子截然不同的优越感。有了生活的底气，站立行走都有不同的定位，光滑的长椅更适合他，那么，谁会留意角落那块黑乎乎的石头呢?

此时此刻，两个小男孩的目光，交集于那双新皮鞋上——穷孩子目不转睛地渴望；富孩子小心翼翼地守护。他们发自内心的眼神，带给观众莫名的感动，其实无论贫穷或富有，无论身份或地位，谁都有“喜欢”的权利，不是吗？只是不知道，他们的目光如果此刻相遇，会是什么状况。

上车时，命运跟富孩子开了个玩笑：蜂拥的人群，挤掉了他的一只鞋！可惜，人们只顾着快点儿赶车，没有人注意那只鞋，就像没有人注意角落的石头，没有留意那个穷孩子一样。

火车很快启动了，富孩子没有机会下车捡鞋；而角落里那个穷孩子，眼前瞬间亮了。仿佛一个从天而降的宝贝，穷孩子扑过去，双手庄重地捧起那只新皮鞋，目光中写着“梦想成真”4个字！不知多少个夜晚，他如此盼望过；不知多少个白天，他那么羡慕过。脚是用来行走的，赤着脚走路是一种疼痛，若配上漂亮合适的鞋子，行走也会变得更有力量啊！此刻，他梦想成真了！然而，穷孩子忽然摇了摇头，他不能把别人的东西占为已有，不管自己有多么喜欢，不管自己有多么需要，都不能！

当那双赤着的、脏兮兮的脚丫，在镜头中快速地追赶火车时，书馆的学生们情不自禁地喊道：“快！快点儿！再快点儿！”也就在这时，富孩子与穷孩子的目光，第一次相遇了！车上的富孩子，一只手紧紧抓住车门，另一只手用力伸向车外，急切地盯着奔跑的穷孩子，恨不能将手臂变长再变长，直接取到那只皮鞋。车下的穷孩子，眼睛紧紧盯着车上的富孩子，那双脚带着一种赤诚、一种本真、一种善良，仿佛每向前跨一步就在观众心里踏出一个足音，掷地有声。

一个等待，一个追逐；一个想要，一个想给。

车速越来越快，穷孩子与富孩子的距离越来越远。穷孩子无奈，把鞋奋力抛向车门，结果没有成功，鞋子掉到了地上。穷孩子气急败坏地跺脚，拍打自己的胸口。其实，他已经尽力了，却没有帮到想帮助的人，心情何等沮丧！

车速越来越快，富孩子目睹了车下的一切，快速脱下另一只皮鞋，奋力向穷孩子的方向扔过去。然后，他微笑着望着穷孩子，微笑着挥手告别。穷孩子愣住了。旋即，透过那渐行渐远的目光，他读懂了富孩子的成全。

于是，捧起另一只皮鞋，穷孩子也笑了。车上，车下；远方，近处；贫穷，富有。四目相对的瞬间，有太多东西在流淌，它们共同的名字，应该叫作善良。

最美的衣裳

◇沈燕

我的老姨就一个宝贝女儿，村里飞出去的“金凤凰”。她 20 世纪 80 年代考上大学，毕业后留在遥远的北方工作。因离家远，每年只有春节时才回来一次。

我每次见到老姨都会问：“您老人家想不想女儿？要不要帮您买火车票去看看她？”老姨笑起来满脸沟壑，摇着手说：“不用，不用，她好着呢！”老姨对刚出壳的小鸡都要一天看几次，怕被它们互相挤着压着了，对自己的宝贝女儿竟这么“心大”，放心得很。

老姨的女儿叫凤霞。家里穷，凤霞从小就懂事，特别聪明能干。期末考试她次次第一，家里的活她总是抢着帮老姨干。老姨的身体不好，但她织补裁缝的手艺是远近出了名的精巧细致。家里所有人从上到下的衣服和鞋，她都打理得清清爽爽，穿着舒适好看。毛衣拆了织，织了拆，小的接着老的穿；裤子短了放一段，接一截，小的接着大的穿……不知多少个夜晚，老姨在那盏煤油灯下，为一家人缝缝补补，那双清亮的眼睛随着脸上皱纹

扇面书法：《上善若水》（楷书） 潘玲 中信银行武汉三阳路支行 优秀奖

的增多也花了。

风霞考上了大学，村里出了第一个“女状元”，可她上大学连身像样的衣裳都没有。老姨好不容易凑够了女儿上学的学费，哪里还有钱给她做新衣服？老姨思来想去，挖出家里留做种的红薯去卖。她挑着满满一担红薯，天没亮就出了门。晚上天漆黑了，她又挑着满满的一担红薯回了家。

原来，老姨进城卖红薯时看见一对上了年纪的夫妇，休息时和他们闲聊，知道两位老人卖红薯是为了给家中生病的孙子凑钱治病。不是家里有事，这个时候谁会把做种的红薯拿出来卖呢？两位老人腿脚不好，只好找个过往人多的地方，把红薯堆在地上卖。老姨挑着红薯担到处走着卖。

眼看着太阳就要落山了，老姨带的水喝完了，背的干粮也吃完了，一担红薯还剩一些没卖完，只好往回走。回来的路上，老姨看见那对老夫妇还在那，守着自己的红薯摊子，堆在地上的红薯还是一堆，不见少。老人花白的头发被风吹得凌乱，老姨看着二老心里酸酸的。老姨挑着担子走出了很远，天越来越黑了，想想二老还在那卖红薯，她便回了头，把老夫妇那堆红薯统统都买了下来，放进自己的担子里挑回了家。

接下来的几天一直下大雨，根本无法出门去卖红薯。没几天，由于屋里热加之潮湿，那一担红薯生了芽不能再卖了。红薯卖不出去，拿什么买布料给凤霞做新衣服？老姨愧疚的心像猫抓一样难受。她在家里翻箱倒柜，想找件像样的旧衣服改改给女儿上学穿。突然，老姨灵机一动，她翻出那套自己做新娘时穿的大红衣裳，高兴地对女儿说："凤霞快看，这布红得艳，改改再加上花边，做出来一定好看。"

凤霞拧着的眉头打开了，心里乐开了花，恨不得妈妈马上就把新衣服做好。老姨的巧手上下翻飞，忙了三天三夜，一件漂亮别致的红衣裳终于

《春晓》（工笔画） 王钰
中国电建市政建设集团有限公司
二等奖

在凤霞开学前做好了。

衣裳很好看，像朵鲜红的花。凤霞小心翼翼地把它捧在手上，睡觉时把它放在枕头下压着。老姨的眼睛花了，难以相信她在煤油灯下竟缝制出如此细密针脚的衣裳，这一针一线缝上去的是母亲浓浓的爱。红衣裳被凤霞宝贝般地锁到木箱子里，她是要等开学的那一天穿。

老姨的邻居家有个哑女，跟凤霞一般大，人长得瘦小，好不容易媒婆帮她说了个亲，嫁给村头同样身体有缺陷的小伙子。好日子定得急，下个月初一就成亲。哑女家里穷，就要出嫁了，连件红嫁衣都没有。

哑女嘴上说不出，呜呜哭得两个眼睛像桃子般。凤霞听到了，心里难受，双手绞着，咬了咬牙，跑回家从箱子里取出那件大红衣裳送给了哑女，自己穿着身旧衣服去了学校。老姨知道后，没有责怪女儿半句，反倒开心地笑了，笑得特别舒心。多年以后，村里人还说起，哑女出嫁那天穿的那件红衣裳可真美！

凤霞以优异的成绩大学毕业，找了份好工作，也找了位好丈夫。老姨对女婿的唯一要求就是善良，用她的话说就是：我们不要什么车子、房子，人是要过一辈子的，老实善良，待我女儿好就行。

新女婿头一次上门，高高壮壮的北方汉子，跪在老姨面前磕了三个头，说："谢谢您把这么美丽善良的女儿交给了我。"

凤霞笑了，笑得可真美，她脸上飞起的红霞比身上的红衣裳还要红。当年上大学的凤霞没穿上红衣裳，但她却有件最美丽的衣裳，这件衣裳叫"善良"，是世界上最美的衣裳，穿上它比穿任何衣裳都漂亮。

我问凤霞："你离家在外，一个人苦吧？累吗？害怕过吗？"她脆生生地回答："苦点儿累点儿怕啥？我妈经常说这世上还是好人多。"说完，她笑了，笑起来的模样跟老姨当年一模一样。

我又问老姨："以前的日子苦不苦？您老是怎么熬过来的？"她淡淡地说："人最苦的是心里没有盼头。我不觉得苦！过日子就要多想想甜的，这样日子就不苦了。"老姨就是这样，用她心底的那份善良始终坚信世间的美好，心生暖意，温暖自己，也温暖了他人。

心善则美。人间最美的衣裳是由善良缝制的。

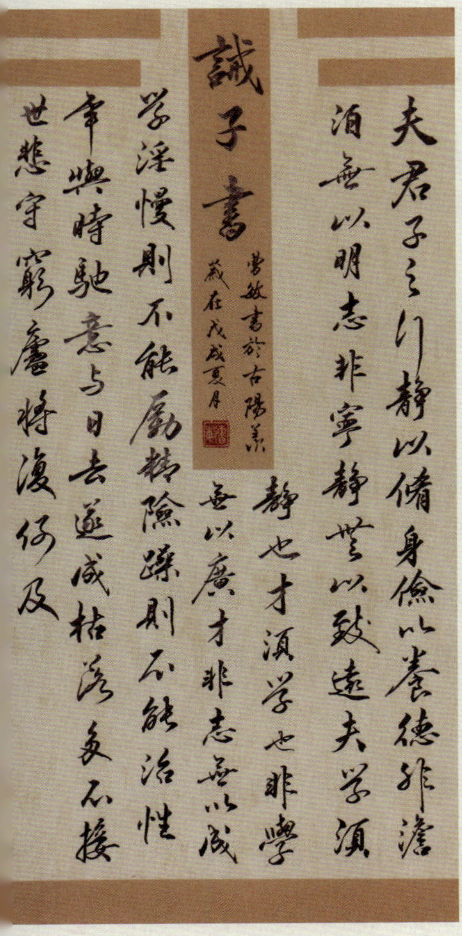

《诸葛亮·诫子书》（行楷） 曹敏
江苏省无锡市宜兴外国语学校
三等奖

那年冬天的温暖记忆

◇文雪梅

雪花飞舞的日子，总让我想起那年冬天和那场猝不及防的雪。

那时大概是 20 世纪 80 年代末 90 年代初，改革开放多年，人们的生活水平有了很大的提高，可是我们家的日子过得依然紧巴巴的。临近春节，父亲像往年一样又开始为乡亲们写春联了。父亲是全村的“大秀才”，寒冷的天气里写春联是件苦差事，但是，父亲却乐此不疲，并以此为荣。为这，母亲总是埋怨他说：“人家男人总想着赚钱，你倒好，自己花钱买笔墨纸砚，免费给人家写春联，究竟图个啥？唉，我这辈子命真苦！”

母亲就这样抱怨着，父亲依然安静地写字，

似乎什么事情也没有发生一样。随着他手中的毛笔自如地翩跹起舞，漂亮的毛笔字便跃然于纸上，那墨香在冬日的阳光里袅袅散去。

当听到母亲说到“赚钱”两个字时，我眼前一亮，想起集市上每年这个时候有很多卖春联的人，我们何不将父亲写的春联也拿去卖，那岂不能赚钱？但是，当我把这个想法告诉母亲时，她瞥了我一眼说：“你以为大街上随便可以摆摊啊？街上卖春联的一家挨一家，再说也没个摊位，谁会买我们的春联？”还是弟弟聪明，他建议：我们可以送货上门。我一想也好。我们把地点选在一个距离县城比较远的偏僻村子。心想，只有山大沟深，远离集市，人们出行困难，说不定在那会好卖呢。

就这样，说做就做，我骑着家里那辆加重自行车，带着弟弟出发了。

一路上山路蜿蜒，行人稀少，12 岁的我骑着自行车载着 9 岁的弟弟，穿行在寒风里。我们到达那个村子时，天公不作美，北风呼呼地刮开了，天空罩上一层沙雾，灰蒙蒙的，不一会儿就飘起了大雪，瞬间，整个村庄全披上了银装。村子里静悄悄的，很少见到路人。弟弟的脸颊冻得发紫，我的两只小脚丫也冻僵了。我们姐弟俩落寞地带着几副春联蜷缩在一处背风的墙角下抽泣。

就在我和弟弟一筹莫展时，一位老人出现了。老人听说我们俩是大老远从城里来卖春联的，嘴里念叨着：“这么冷的天，跟我进屋暖和暖和再说吧。”我们就这样跟着老人到了他家。老人家里有一个红红的火炉，火炉的木炭燃得正旺，屋子里暖暖的。进屋后，老人热情地叫我们坐到火炉前烤火。顿时，我们感觉全身都暖和了。

那天，我们一副春联也没卖出去。在那个陌生的地方，在那个飘雪的寒冬，我和弟弟遇见了那位善良的老人，虽然连老人的姓名都不知道，但是我会永远记住他的。

初次卖春联，没有赚到钱的我们自然心不甘。晚上，弟弟对我说："我就不相信咱们卖不掉一副春联，明天继续去卖怎样？"我看着放在炕头，被我们整理得整整齐齐的一卷卷凝结着父亲心血的春联，心里很不是滋味。明天就是腊月二十八了，家里连一两过年的肉都没有割。

"行！"我坚定地答应了弟弟。

翌日凌晨，天依然冷得出奇，偶有零星雪花还在飘。天刚蒙蒙亮，我又带着弟弟出门了。走到半路，也许由于路滑的缘故吧，骑着骑着，自行车啪的一下倒了，我被重重地摔在地上，随之一片眼花缭乱，我什么也不知道了。

不知过了多久，当我醒来的时候，发现自己躺在镇医院的病床上。站在眼前的弟弟满脸泪水，他看到我睁开了眼睛，一下子扑到我怀里叫着："姐姐，你终于醒了！"我看见，旁边的椅子上还有一位陌生大叔。

原来，在卖春联的路上我摔晕了，弟弟吓得直哭。恰巧这位在外地开卡车回家过年的大叔路过，他二话没说，就急忙送我到镇医院，并用自己的钱交了住院费。看到我苏醒后，大叔的脸上也露出了笑容。当得知我和弟弟去卖父亲亲手写的春联时，他笑着说："刚好我家还有亲属家都没买春联呢，我全买了！"说完，便塞给我 10 元钱，拿着那沓春联就离开了。

如今，好多年过去了，那年冬天以及那场突如其来的冬雪背后的温暖记忆，总会在某一刻突然涌上心头，难以忘怀……

举头三尺有神明

◇喻贵南

我的外婆有句口头禅："'举头三尺有神明'，做人要多行善，莫为恶。"她还说："人在做，天在看。"于是我经常看看头顶或者看看蓝天，看有没有外婆说的神明，其正瞪着大眼睛，一眨不眨地看着我，或者看着其他人。

这一看，看了好多年，我始终没看到神明，只看到展翅飞过的小鸟、飞机，还有日、月、星及云、雨。小时候的我，便有点儿怀疑外婆是不是在胡说，头顶哪有什么神明啊？

可外婆从不骗人，她的话像教科书一样的经典。我想她能说出这句话，总该有一定的道理吧？看不到天上的神明，我便看身边的人，看她嘴里所说的甲乙丙，是否会跟神明挂钩，或已经跟神明挂钩了。

陈汉和张春两家比邻而居，屋后是大山，自古以来，沿山有条水沟，雨水落下后，便会在山下分成两股支流，分别流向两家的田里。每每下大雨，山上的水和泥沙冲入田里，或多或少，都会淹掉一些禾苗，而且雨后还得清理这些泥沙。

《聚贤养懿》（隶书） 杨易苏 中国铁路上海局集团公司芜湖车务段 优秀奖

陈汉家嫌累，有一天索性将流向自家的那条支流给堵死。于是水和泥沙全往张春家的田里冲，张春家的那丘田，由此成了泽国。因为水势大时，像泄洪一样，连带下面李阿公那一丘田也遭了殃，不少禾苗被冲成了水上漂。李阿公年老体衰，家里本就缺劳力，这下可好，一下大雨，他就求菩萨保佑快点儿停雨。

张春和李阿公去跟陈汉沟通，结果反被陈汉骂出门。陈汉指着张春的鼻尖说："只要有人敢动我填好的那条沟，我就用锄头敲死他！"而且，村里谁劝都没用，张汉只有歪理一条："我填土填的是自家的田地，关别人屁事！"

陈汉家父子五人，动不动就用拳头跟别人说话，乡邻都不敢搭理他们。

没法子，每到大雨后，张春夫妇只得来来回回地干着愚公移沙的活，移了自家的，又帮李阿公移。结果秋收时，还是劳而无功，而李阿公的亩产也锐减。

眨眼到了第二年春夏之交，一场大雨在夜半突然发威，天亮时，人们发现张春和陈汉家的路面彻底被老天爷挖了一个天堑。因为走水不及，山水将两家之间的大路给冲断了。而陈汉家，打米机都进不去了，只能跟人家借米吃，更别说开着摩托车去镇上购物了，只能翻山越岭，用双脚丈量土地了。

被冲垮的大路下的那丘田，是陈汉堂兄家的，这下陈汉只得老老实实地跟堂兄一家将路面修好，并主动将之前填好的沟挖开，恢复之前的山水分流。

人们开玩笑说："这真是举头三尺有神明啊！还是不违背自然规律，脚踏实地的好，免得搬起石头砸了自己的脚。"

我稍大后，便知道了"举头三尺有神明"中的"神明"，它在人们的日常言行里，即"善"与"不善"的行为导致的结果。

我姨妈郑秀英是外婆的大女儿，嫁到10多户人家比邻而居的宁乡市老粮仓镇寺塘村。有个贫病交加的孤寡老头桂六阿公，住在姨妈家隔壁，临老瘫痪在床，大小便不能自理，连吃饭都得别人喂。

姨妈一家看他实在可怜，虽然自己家境贫寒，缺衣少食，但硬是每天给老人送饭菜，清理大小便，洗洗涮涮，免费照顾了老人3年多。老人离世时，淌着泪拉着姨妈的手说："孩子，你的心这么好，一定会有善报的。"

可几年过去了，我硬是没看到善报。有一次我问外婆："您老说'举头三尺有神明'，姨妈一家人的心那么好，他们却穷得饭都没得吃，全家人穿着破衣服，四个子女上学都没钱，咋神明都看不到呢？"

外婆说："人在做，天在看。好人都会有一截难呢！小孩子家知道什么啊！"

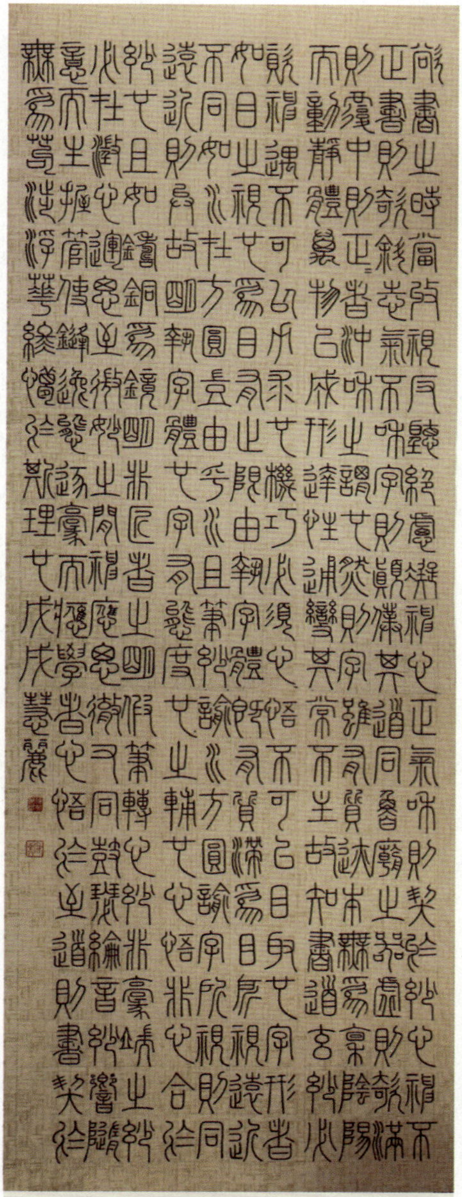

《学书经典》（篆书） 徐慧丽
江苏省淮安市涟水县郑梁梅小学
三等奖

我还真不知道。可等我长大后，我发现外婆说的“天在看”，真还是如此。姨妈村里有户人家，家境好，男孩帅，又能干，不少人家托人去做媒。其中有几户家境很好，姑娘也长得特别漂亮，可那男孩家却认准了我姨妈的女儿。他们说：“方圆几十里，没这么心善的人家了，虽然他们家比较穷，姑娘也不算漂亮，但姑娘的家风好。将她娶进门，我们不必担心她的人品，也不必担心她以后对家里的老人不孝顺。”就这样，男方主动上门提亲，那男孩因此成了我的表姐夫。

而且若干年以后的今天，姨妈那没读什么书的另外 3 个儿子，因为诚实善良，一个个在外开珠宝店，做得风生水起。尤其是二儿子刘拥军，因自身的努力上进，也因他致富后不忘回报社会，热心于慈善事业，曾当选县人大代表。

外婆说得没错，“举头三尺有神明”，乐于助人的善良，就如同姨妈一样，于无形之间成了福泽后人的口碑，也影响着孩子们代代传承，并为之受益。

是的，善良，能够填补贫穷带来的空缺；善良，能够扭转家庭的颓败；善良，能够福泽后人；善良，能够让人间充满爱和温暖，鲜花处处开……

【相与濡和风】

母亲的礼让

◇许放

4 月的南方到处是春暖花开、莺歌燕舞，而地处北国的大兴安岭春寒料峭，山上的杨树柳树已经返青发芽，整个东北大地都在奔向春天，奔向希望的原野。

2015 年 4 月，是一个黑色的 4 月。在奔向春天的希望里，83 岁的母亲永远离开了我们，离开了她眷恋的世界。但母亲的音容笑貌，与人相处的宽容大度、包容理解依然在我的生活里闪光，影响和指导着我们的人生。

去年夏天，阴雨绵绵，我回到阔别 3 个月的家中。本来心情大悦，因为丈夫的病经过省城著名中医的调理，身体恢复了健康。我的文章也在某杂志发表。进门之后，饭菜的香味扑鼻，妹妹笑脸相迎，嘘寒问暖，家里被收拾得整洁一新。吃过饭后，我要出门去看看亲朋好友，忽然发现走廊里的自行车不见了，我疑惑之余，忽然想起回来时看见小区新盖了一个车棚，准是邻居给我推到车棚里了。我急忙去车棚寻找，车棚里摆满了摩托车、自行车，还堆放着柜子等杂物。可是，我找遍车棚也没有找到自行车。心想，莫非是被小偷给偷走了？

晚上我回到家中，发现走廊里多了一台新的电动车，我家放自行车的地方被它取代了。心想，我家的自行车哪去了呢？我心有不甘，到外面去找，终于在一个堆满破东乱西的墙角，找到了我家的自行车。一辆八成新的自行车已经被雨水浇得锈迹斑斑，自行车的座子上都长了苔藓，车链子也掉了。我怒气冲冲地把车子拽出来，心里一下子就明白了。我一边擦车一边气不打一处来：你家新买了电动车，就侵占了我家自行车的位置，还把自行车扔到墙角了，你给我推到车棚里也行啊！心想，等晚上他们家回来人，我一定找他们理论理论。

正要出门时，我看到挂在墙上母亲的照片，她老人家正慈祥温暖地对我微笑。仿佛在说：对人要宽容大度，处事要冷静。人在难处你要拉他一把，别人都欺负的人，你要爱护他（她），给他（她）们关心和帮助。人活着要忍让、要善良，母亲就是一个明事理的人。

母亲的教导又在我耳畔回响，揪痛了我的心，我一下子坐在了沙发上，想起母亲活着时的一次邻里纠纷。

那是一个春天的早上，白雪消融，黑土地上裸露出稀稀落落的蒲公英和探头探脑的绿草芽，我还在梦中被一阵吵闹声给惊醒了。我趴在窗户一看，哥哥和嫂子正与邻居吵架。邻居家的两口子正在用铁锹挖出一趟深沟，筑了一半的柳条篱笆伫立在两家园子的分界处。哥哥和嫂子一人扯着绳子的一头，从自家房子的墙根到邻居房子的墙根正在丈量分界线。我急忙穿上外衣和鞋子，跑到外面看个究竟。不看不知道，一看吓一跳，邻居家新筑的柳条篱笆过中界线一尺多，这明显是侵占我家土地。哥哥和嫂子在和邻居争吵、讲道理，引来周围邻居的围观，看热闹的人有的愤愤不平，都小声议论。有的说："房间土地不让人，老婆孩子不让人。"并鼓励哥哥和嫂子不能让着他们。有的人则指责邻居不讲理，凭啥多占人家的地盘啊！邻居蛮不讲理地说："我就多占你家点儿土地能咋的？"眼看越吵越凶，就要动手打起来了。这时母亲从地里干活回来了，分开人群，问明原因后说："都别吵了，不就是一尺多的土地吗？他们家房子小，土地少，孩子又多，多种一条垄孩子们就能多吃点儿瓜菜。"又对看热闹的邻居们说："大家都回吧，忙自己的活去吧。"

回到屋里，母亲语重心长地对我们说："咱们家是知书达理的人家，你们又都念过书，一条垄能长金子还是能长银子，让给他们吧。"稍后母亲又说："吃亏是福，邻居住着，啥事都别太计较了。"这件事过去了多年，现在仍历历在目。

想到这里，我的气全消了。母亲仁爱礼让的美德，宽容大气的家风，一直影响着我们。母亲一辈子没和人吵过架拌过嘴，与 3 个儿媳妇没有红过脸。她经常教育我们说："在家要尊老爱幼，出门要与人和睦相处。"

一碗朴素的浓香

◇李子燕

白日渐渐偏西，一抹冷冽的风不知从何处而来，把黄昏吹得瑟瑟发抖。几枚枯叶随风雪簌簌而下，有一枚不甘心跌到雪地上，挣扎几下，最后寻着馄饨的香味，栖落到店前台阶上。

刘甜边包馄饨边望着饭店门口，宋暖摘下围裙坐下来歇口气。二人都很年轻，在小区里开了间夫妻馄饨店，每天早上和中午生意最红火，忙得不可开交。此刻时近下午 2 点，夫妻俩刚刚喘口气，又开始牵挂那位怪怪的老大爷，因为他拄着拐杖，天冷路滑，实在令人不放心。

与老大爷相识，是初秋的一个下午。当时宋暖和刘甜正在休息，店门突然开了，一位衣衫单薄的老大爷走进来，拄着拐杖，气喘吁吁，目光中有些胆怯不安，又充满期待。

"馄饨……多少钱一碗？"老大爷声音低哑，小心翼翼地问道。

"4 元钱。"宋暖热情地招呼老大爷过来坐。

"那个……嗯……"老大爷有些吞吞吐吐，最后还是落座，低着头不再言语。

只道是老大爷又冷又饿，夫妻二人也没多想，麻利地煮好馄饨。老大爷望着香喷喷的馄饨，咽了口唾沫，啧了啧嘴，然后抬头望着宋暖夫妻好一会儿，就是不动筷子。刘甜不明白老大爷的意思，问道："再给您上个小菜，或者来杯酒，暖暖身子？"老大爷用力地摇了摇头，暗暗长出了一口气，终于拿起汤匙，狼吞虎咽地吃了起来，最后端起碗把汤都喝光了，脸上也渐渐有了些血色。又坐了一会儿，老大爷拄着拐杖站起身，从兜里摸出 4 枚硬币放在桌上，然后也不待刘甜过来取钱，就一瘸一拐地快速离开了馄饨店。

刘甜目送老大爷出门，然后过来收拾碗筷，这才发现那 4 枚硬币并不是人民币，而是游戏币。宋暖有些错愕地望着那几枚游戏币，一时不知道如何是好。夫妻俩追出店外，看到那位老大爷步履蹒跚的身影，像摇曳的落叶无依无靠，他们没有继续追赶，宁愿相信是老大爷弄错了，或者是身上忘记带钱了。

意外的是，第二天午后，那位老大爷又来了。刘甜和宋暖相视一笑，谁也没有提游戏币的事，仍热情地招呼他吃馄饨。老大爷一副忐忑不安的样子，狼吞虎咽地把馄饨连汤吃光。付账的时候，跟上一次如出一辙，把游戏币悄悄放到桌上，迅速离开……

夫妻二人这次重视起来了，难道遇到蹭吃的主了？不过，仔细观察老大爷一瘸一拐的身影，怎么看，都不是装出来的。夫妻二人决定再等等。对于他们来说，一碗馄饨只是举手之劳，但对于这位老大爷来说，又似乎很重要。他们隐隐地觉得，老大爷每天只靠这一碗馄饨充饥，于是夫妻二人决定，每次多给他放几个馄饨。就这样连续一个多月，每天午后 1 点左右，老大爷就会出现在馄饨店；而夫妻俩总是会心一笑，把热乎乎的馄饨端过去。

后来听邻居说，这位老大爷无儿无女，一场车祸夺去了老伴的性命，也让他落下了残疾。因为事发之地没有监控，寻找肇事者的路变得异常艰难，他如今负债累累，日子雪上加霜。得知老大爷的遭遇，刘甜哭得鼻涕一把泪一把的。宋暖安慰道："别哭！你负责每天把馄饨端到老大爷面前就行，其他的事交给我。"接下来的日子，宋暖向相关部门反映了实际情况，希望能帮助老大爷解决基本生活问题。而老爷子却毫不知情，每天照样来店里吃馄饨，临别时说句"谢谢"。刘甜把馄饨馅加大，还给老大爷端盘小菜，说是赠送的。从初秋到深冬，左邻右舍被宋暖夫妻感动了，也默默地在为老大爷奔波着，大家有钱的出钱，有力的出力，都希望还老大爷一个公道……

夫妻二人正在回忆中，店门终于开了，冷风从门缝挤进来，老大爷像那片落叶一般，被风吹进店里。刘甜和宋暖赶紧迎上前去，老大爷老泪纵横地说："谢谢你们没有揭穿我……现在事情解决了，我拿到赔偿款了……"

笑容绽放在刘甜和宋暖的脸上。再次捧着热气腾腾的馄饨，老大爷终于破涕为笑。一碗朴素的浓香，让他在寒冷的季节里，不再如落叶般漂泊。

歌谣飘荡在清晨里

◇睢雪

晨光总是那么清新，那一首首的歌谣在小妹的口中默默地朗读了多少年。思索回味那些歌谣，声音里穿越着小妹和妹夫迟到的柔情蜜意，还有生活的博大情怀。

我丈夫的小妹，也就是我的小姑子，比我们小十几岁。她很年轻，生活却在无意中经历了感情的波折。小妹家住乡村，她和丈夫以及邻居的情感纠葛有些扑朔迷离，可是小妹总能巧妙地化干戈为玉帛。

听说妹夫过去有一个女友，而且很漂亮，硬是被父母拆散了。和小妹结婚，他也难以彻底忘记那段感情，不顺心的时候总是仰天长嘘一阵子。了解小妹的经历，我不明白她为什么能够做得这么好。有一次我去小妹家探望，偏偏遇上这样一件事。一大早妹夫因为一件小事闷闷不乐，就算是家里来了客人，他也没有掩饰自己那张阴沉的脸。妹夫要去放牛，小妹正在喂鸡喂鹅。小妹发现丈夫脸色不对，就唱起她编的歌谣："你放牛我喂鹅，日子就像敲响的锣。锣响鸡鹅叫，我们开始新一天的生活。"当时我发现妹夫向小妹笑了笑，放牛去了。我很不理解小妹和妹夫，刚刚还是乌云压顶，瞬间晴空万里。于是我很直白地问小妹："你们在搞什么花样？刚才发现你丈夫像是满脸愁云，听你一个顺口溜就阳光灿烂了。"

小妹笑笑对我说："我丈夫爱生气，给他几句好话就没事了。"

乡土有乡土的味道，穷日子有穷日子的美好。小妹刚刚出嫁时是在春天，妹夫家的日子并不富裕。因为生活压力，还有妹夫埋藏在心里的郁闷，两口子曾经为琐事互相埋怨争吵。有时邻居家的姐姐也说些风凉话，小妹也不知为什么，那位姐姐总是用很特别的语言影射自己，为此她心里的苦涩很难咽下去。最初小妹心里很自卑，但她并不放弃对美好生活的向往，在一个个"春眠不觉晓"的夜晚，她有做不完的美梦。她常常编些歌谣安慰自己，时间久了她觉得人生很悠然，只要自己高兴就幸福。她开始甜甜地美滋滋地享受生活，保持好心境，也想把春风般的心境传递给丈夫，于是她又编唱歌谣给丈夫听。慢慢地，如同柔和的鸟语，只要她的歌谣一出口，妹夫就会高兴，满脸的喜悦。妹夫会编筐，每隔一段时间要到集市上卖些钱。有了钱，妹夫会大喝一顿，醉得神志不清，和小妹一顿牢骚："活着真累。"小妹用歌谣回答他："你编筐我种柳，为了生活谁不累。活一回干一辈，流下汗水比油贵。"妹夫听着听着就乐了。他问小妹："汗水怎么能比油还贵？"小妹回答："当然了，不流汗水哪有财富积累。汗水流得越多积累越多，所有的收获都会漫过油锅。"

小妹总是用这样的顺口溜激励妹夫。小妹的歌谣常常诞生在夜里，她用笔写在纸上，第二天清晨在和煦宜人的阳光下对着丈夫轻轻地朗读。

"秋豆角爬上墙，顺着阳光向天望。结出豆角长又长，一直吃到老秋霜。"

丈夫听了，对生活有了期待，有了向往。

小妹的歌谣总能打动丈夫的心。有一次，妹夫酒后对儿子粗鲁。小妹觉得丈夫的教育方式不好，直接劝说反而导致丈夫不快，于是就为丈夫编了一首特殊的歌谣："葱叶绿葱叶尖，一根心叶在中间。左叶右叶在两边，依靠心叶长的圆。"妹夫问她什么意思，小妹说："你我好比大葱，你我是心叶，儿子是边叶，你我正了边叶不会歪。你赚钱了就酩酊大醉，满脸通红，舌头都像短了一截。你在儿子面前这样表现，想让儿子长大也和你一样吗？"小妹的话语慢悠悠的，温馨又在理，妹夫一听觉得有道理。

小妹的歌谣，唱响在妹夫的耳边，唤醒了沉睡的家庭，也唤醒他们的爱情，在晨光里跳跃着。终于有一天，妹夫对小妹说："东院的姐姐是我的前女友，是我的父母给拆散了，她怨恨我们家，把怨气泼洒到你身上，躲着点就是了。"

原来是这样。小妹明白了邻居家姐姐的白眼。对于那位姐姐的傲慢，小妹想开了，这件事自己没有过错，但和人家生气还不如化敌为友。而且姐姐也有了家庭，还有个活泼可爱的女孩，为什么纠结不休呢？她努力寻求机会，一定要把相互的讨厌化为友好。小妹隔着墙头为邻居家小女孩唱歌谣，小女孩爱听也爱学。时间久了，小妹和那位姐姐心里之间的那堵墙移开了。当那位姐姐把一盆菊花送给小妹的时候，小妹的心里暖暖的。

从那以后，小妹的歌谣如行云流水，带着她甜美细润的嗓音融入早晨的阳光里，放射出温暖人心的热度。

渴望你的真诚

◇邹安音

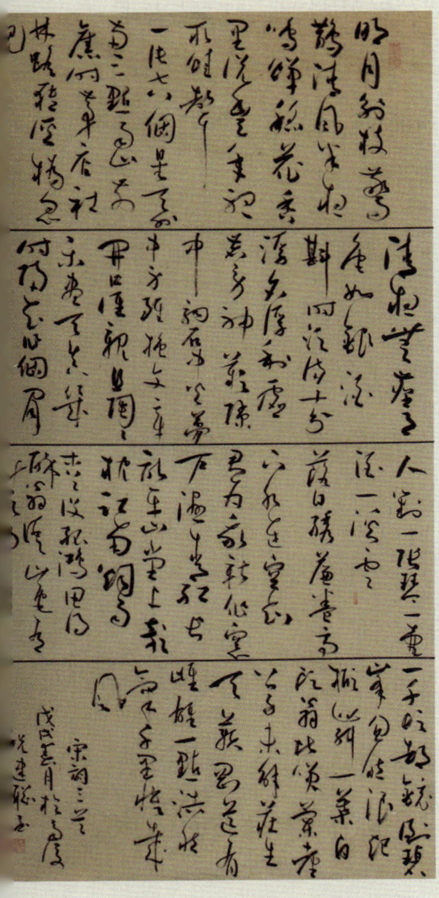

《宋词三首》（草书） 祝建聪
中铁第四勘察设计院集团有限公司
二等奖

一

如果心与心之间有一片茫茫的沙漠，当阴风乍起时，卷扬的尘土，漫天的沙雾，便会遮住你的眼眸，使你陷入黑暗的深渊。你就会望不见沙漠的边缘，有着清清小河水在淙淙地流淌；嗅不到河之心那块温馨迷人的青草地在阳光下喷吐着一缕缕幽香；忘记了深广的天幕上镶嵌着一枚丽日在发光灼热；望不见蓝空中那朵朵白云在悠悠地飘荡。就这样让尘沙裹了身，蒙了眼，埋掉心中那一颗火热的心。就这样让黑暗肆虐地吞噬自己，在一个冰凉的世界里孤寂前行，感受不到人间的真情，感受不到友爱的温暖。

朋友，不要让心与心之间有片荒凉的沙漠，不要让心中飘满尘埃、堆积沙砾。同在一块蓝天下生活，太阳的光辉一样沐浴着你我。让心中存一块绿洲，在绿洲上植一株友谊之树，掬一抔清甜的心泉水，诚挚地把它浇灌，让它开出鲜花，永远绽放在彼此的心间，好吗？

有时，心与心之间的路径太遥远，从自己心路的起点出发，有时却很难走到对方的心之终点。或许心径上又长满了荆棘，当你小心翼翼地迈步时，却被割破了双足，血淋淋地难再迈步。于是你也只好掩藏了伤口，独自忍受着痛苦的折磨。

朋友，若心径太遥远，就不妨把它缩短，好吗？你需要真诚的帮助，我需要信任和理解。猜疑、中伤、诽谤、嫉妒，这些心径上的恶魔，需要全都被我们埋葬。我们铲除那丛杂生的荆棘，让路径铺满爱之花瓣，变得平坦。相逢即便原是陌路人，你点点头，扬扬笑脸，或许你的倩影便会印在我的心壁，永驻心间。

二

我曾取来一抔心田深处的沃土，想要轻轻地洒在你爱的心田；我曾引来一泓山间清冽的泉水，想要注入你明净的心潭。可是，你却紧闭你绿色的心扉，只让一束嫩绿的青枝，在心墙的一隅垂绿。

于是，我在你高高的城门外徘徊，用火热的心爱你的笑脸。终于，你轻开门缝，探出一张写满无奈、痛苦又期待的脸。你低沉地说，那天也曾坦诚地开启过心扉，却不料让人践踏了自己辛勤培育的爱之花园，让柳枝断灭，让花瓣飘地，留下痛楚的回忆。

我坚守在你的屋外，用爱配就的心钥匙，开启你的心锁。打开心窗，仔细倾听我的述说，这个世界，原来是一座充满爱的花园。有许多善良的人们，用心底散发的热情，悄悄温暖着别人的心房。在蜂群酿蜜的时刻，也会有苍蝇去吮吸那醉人的芳香。但你不要因一次偶然的伤害，就怀疑我真诚的目光，因为晴朗的天空也会有一丝乌云飘过，洁白的玉石也会掺进一点儿瑕疵。不要期盼完美的生活，学会宽容、谅解，善待我们身边的每一个人。用微笑装饰他们多彩的梦境，用友爱的泉水沐浴他们的身心。这

《花香·书香》（油画） 张杰珩
南京禄口国际机场有限公司
优秀奖

样，我们便拥有一种美丽的星空，夜夜都有爱的星星在闪烁。

开启你的心扉，让小屋充满欢乐祥和的阳光。渴望你的真诚，如甘霖一滴，滋润我干涸的心田。

三

又是一年春来到。仿佛一夜间，春雷响了之后，春天的花开了，春天的草绿了，春天的生命在每一个角落都焕发出生机。春天的风在吹，春天的风筝飞得特别高、特别远，仿佛要和空中的小鸟比高，要和云中的飞机媲美，努力向上、向上……看看谁的生命更让人感动和温暖。

春天的阳光暖暖的，一点儿都不做作，但是也不张扬，像一个慈爱的母亲，那么温馨地从天宇洒向人间，让世间万物都感受她的美好和美丽。春天的雨滴也是轻轻柔柔的，像牛毛花针洒落下来，像个花姑娘在大地上认真编织着锦衣绸缎呢。随着阳光，随着微风，随着雨滴，就这样，慢慢地，春天的讯息从各个角落、各个空间涌出来，悄悄渗透到每一个人的每一个细胞里。

就是在这样一个春日的早上，我独自醒来，推开窗户，看见小区里的花在笑，草在生，鸟在鸣，人在闹……仿佛不曾经历过黑夜，天地之间就这么一直热闹和温暖着。

在这样的一个早晨醒来，忘记梦中的故事场景了，只看见阳光暖暖地铺满窗台，小狗在床边打着滚，多么幸福和快乐。

友善花开，香满人间

◇杨泉珍

《油菜田里小憩》（油画） 唐燕
国网江油市供电公司
优秀奖

人生旅途中，总有太多或快乐或伤感的瞬间铭刻在我们的记忆深处，常常以为，这些瞬间会随着时间的流逝慢慢淡忘。但是，无论尘封多久，几个刻骨铭心的片段仍像老照片一样时刻萦绕在我的脑海里，久久挥之不去。

听人说现在的干洗店能把褪了色的衣服重新染上色让它焕然一新，周末，我闲来无事找出女儿最爱穿的一件旧棉袄兴冲冲地来到一家干洗店。店里不见一个人影，约莫过了 5 分钟才见从对面店里走过来一打扮时尚的女子，十分不悦地对我说：“有事吗？”我拿出旧棉袄小心翼翼地说：“能帮我把这棉袄重新上上色吗？顺便问一下你们上色的原料对身体是否有害？”

《古镇农舍》（钢笔淡彩画）杨倩
中国移动通信集团四川公司南充分公司
三等奖

其实从没染过衣服的我也就是随口一问，稍微给我解释解释哪怕敷衍一下都行，可是不待我把话说完，女店主马上沉下脸机关枪似的反诘道：“你以为我就给你一个人的衣服上色吗？你那么怕伤害不如干脆去买件新的呀？”眼里满含讥讽与不屑，天呐，有这么说话的吗？我是来给你做生意的呀，我是你的顾客，是你的“上帝”呀！想到这，我转身就走，差点儿流下委屈的泪。

我家楼上曾住着一位盲人，他每天晚饭后都会到楼下花园里散步。奇怪的是不论上楼还是下楼，他虽然只能顺着墙摸索，却一定要摁亮楼道里的灯。一天，我实在忍不住好奇地问道:“您的眼睛又看不见为什么还要开灯呢?”盲人回答道:“开灯能给别人上下楼梯带来方便,也会给我带来方便呀!”我疑惑地问道:“开灯怎么会给你带来方便呢?”盲人笑了:“开灯后,上下楼梯的人就能看见我,就不会把我撞倒了,这不就给我方便了吗?”我恍然大悟,对这位身残智不残的盲人邻居顿生敬佩之情。

两次切身的经历给了我两种截然不同的感受。女店主尖酸刻薄的话语,时刻告诫着同样从事着服务工作的我“己所不欲,勿施于人”,真切体会了什么叫“良言一句三冬暖,恶语伤人六月寒”,一句热情有礼的语言可以止息一场不愉快的争吵,而一句粗野污秽的话则可导致一场轩然大波。

田姨是一位温文尔雅诲人不倦的退休老师,她的老公陈叔患病多年,“三高”、心梗让他变成了医院里的常客。随着陈叔的“几进几出”,我和田姨也日渐熟络起来,偶尔也会随意地开个玩笑。

那是周一的上午,几个月没见的田姨来了,她一脸憔悴,眼窝深陷,人也好像瘦了一圈。我头也没抬随口问道:“田姨,陈叔还好吗?这些天您都忙什么去了?”不想,这不经意的几句玩笑话似乎一下戳中了田姨的伤心处,她白皙的脸瞬间阴沉下来,沙哑着嗓子说:“好什么好啊,你陈叔都走了两天了,我是来把他的账结了!”我的心猛地往下一沉,为弥补刚刚的失言,赶紧站起来接过出院通知单,因为已经出院两个多月了,陈叔的账已经挂账,还需返还 800 多元。依照财务规定需要把预收款收据做附件,田姨才能领到这笔退款。可田姨说因为当时转院匆忙,预收款收据全弄丢了!这下可真让我犯了难,不退吧,对不住刚失去亲人的田姨;退吧,又不符合财务制度。

思虑再三，我递给田姨一份空白证明，让她填好签字，然后再去找护士长和门诊部主任签字。直到快下班的时候，一脸沮丧的田姨回来了，把那份证明往我面前一丢，气呼呼地说：“你也不能这么折腾我这个老熟人吧？本来就是我的钱，为什么不退给我？找了一大圈根本没找到门诊部主任，听说她出差了！”看着一脸委屈心力交瘁的田姨，我再也不忍心让她跑上跑下，答应等主任回来，我帮她找主任签字，暂用陈叔的原始发票做附件，把钱退给了她。田姨接过钱，一声不吭地走了，至今，我还忘不了她离开时满含幽怨的眼神……

说起来，这世上的事还真就那么巧。前两天，我不慎将家里、办公室的一大串钥匙弄丢了。正当我为钥匙焦虑不安时，今天中午，这钥匙竟然失而复得，给我送来钥匙的人竟然是一度被我“得罪”过的田姨！田姨说：“那天我去给开服装店的媳妇送饭，远远看见你正从店里出来。后来清理试衣间的衣服时发现了这串钥匙，媳妇说当时店里就你一个顾客，我估摸着这钥匙肯定是你落下的了。这两天因为有些事太忙，今天才给你送来，让你着急了！”

我呆立当场，惊喜、窘迫、感激，只觉得所有的话语都成了多余，唯有紧紧抓住田姨的手久久不放……

世上的路有千条万条，有大路也有小巷，大路有大路的风光，小巷有小巷的别致；世上的花也有千种万种，有姹紫嫣红争奇斗艳的自然之花，更有一种在人们的心中潜滋暗长的友善之花，或许，它不及自然之花的娇艳美丽，但是，它却能让人与人的关系变得更融洽，让社会更和谐，让人间充满爱。愿这种友善之花四季常开，香满人间。

唯有不忘老地方

◇文雪梅

夜晚漫步在新修的街道，灯火辉煌，霓虹闪烁，薄凉的风轻轻吹拂，空气中萦绕着丝丝清爽，很是惬意。走着走着，路旁一个叫“老地方”的餐馆映入我的视野，驻足，留步，深深凝望着那几个醒目的红底黑字，心中不由涌起一股温暖的涟漪。

《寄情山水》（山水画） 严雪 马鞍山职业技术学院 优秀奖

《春澜如美人》（国画） 肖晖
湖南常德市临澧县实验小学
优秀奖

老地方，一个熟悉的字眼，真实、亲切，承载着一个人最初的回忆，穿过光阴，像是一种撕裂的疼痛，给人一种最贴切的踏实感。也许在每个人的心底，都蕴藏着一个最真实的老地方，那里，天很蓝，水很清；那里，鲜花盛开，阳光明媚，人们过着世外桃源般的生活，无论我们的生命走进四季中的哪一季，情感都在那个叫老地方的水域里潺潺流淌着，有着最丰润最美好的留恋和不舍。

我的童年，是在一个山清水秀的山坳坳里度过的，那里有生我养我的父母亲，有勤劳善良的父老乡亲，有温顺的老牛、听话的羔羊，有弯弯的小河、广阔的田地，还有穿着开裆裤玩泥巴的乡村孩子。那里就是我的家乡，一个叫关山的地方。在苍莽而神秘的关山，我从牙牙学语到踉跄走步，从懵懂无知到坐在泥坯桌前歪歪扭扭地写字，家乡见证了我的每一步成长。

在关山，十几岁的我就用稚嫩的肩膀挑起了沉重的水桶，趺趺撞撞，一摇一晃，一路走，一路歇，左肩累了换右肩，艰难地行走在羊肠小道上。那时，我开始放牛，下地干活，什么种麦子、掰玉米、犁地，凡是大人能干的事情，我都学会了。我学会了做饭，即使面没揉好，也没擀开，宽得像皮带，硬得像钢筋，但是，吃起来还是蛮有味道的。

记忆中，每年万物争奇，百草葱茏的时候，我还要去山里挖药。靠山吃山，靠水吃水。挖药的目的是为了卖钱，接济家里贫穷的生活。在那挖药的时光里，让我零距离认识了茵陈、蒲公英、地丁草一类的草药，还有菖蒲、柴胡、苍术、防风、寄生、川地龙等值钱的药材。时光知味，草木皆情。采药的次数多了，见得也多了，我才知道百草皆药，那些看似平平常常的植物其实才是治疗百病的良药。难忘的挖药的日子，是我人生中不可缺少的一部分，让我铭记在心。

在关山，我一步一步学会了坚强地长大，更加懂得了感恩，珍惜生活的不易。后来，以至于我外出求学，离开了家乡，到了陌生的大城市谋生，辗转换了好几个地方，但是，无论走到哪里，即便高楼大厦、车水马龙、人流如潮，也比不上我那可爱的家乡。我知道，我的血脉里一直流淌着关于家乡的爱和解不开的乡愁。

成人后，我曾在一个偏僻的火车站工作了很多年，我的青春我的梦想全部奉献给了那里。在那里，我遇见了他，后来成了我的爱人，我找到了自己幸福的归宿。我把初心留在那里，在我的人生旅程中，那个地方于我记忆犹新，让人难忘。

我清晰地记起，那是一个两层小楼的小站，每天吃住都在单位，同事之间相处得非常融洽。闲余时间，我们一起去山野摘果子，深夜，几个年轻人聚在一起玩牌，高兴之余，我们也会喝廉价的二锅头。狭小的单身宿舍，昏暗的灯光，和着我们吆五喝六的划拳饮酒声，一切都是那样俗不可耐。黄连树下弹琴，但是乐在其中，那兴奋、激动的心情不亚于高档酒店的 Party。那个老地方就这样铭刻在我的脑海中。

人到中年，经历了风雨，也见过了彩虹，守住一颗宁静的心，诗意地生活才是最好。在闲暇之余，我常常会独坐阳台，品着香茗，不由自主翻出那些封尘的记忆慢慢咀嚼、回味，包括那些老地方、老相识，颇有一番滋味在心间。

老地方里深藏着一个人，记录着一段故事，埋藏着一些难以忘记的往事。老地方里的一草一木，花开花谢，是值得一辈子珍藏的财富。

老来多健忘，唯有不忘老地方。因为，我记得，还有你。

些微的甜

◇闫 语

《风光》(油画) 胡格莎
江苏省无锡开放大学
优秀奖

从我这里出发向东，大概四个小时的车程，就会到达我国北部边境的一个口岸城市。无论在冬月的清晨，还是夏日的午后，每当我想到这座城市，都会因为有岚生活在那里而感到些微的甜。

事实上，我从未去过那座城市。我和岚多是借助电话沟通的。一股似隐似现的电流，始于这里，止于那里，中间经过许多田野、村庄和树林，还有许多或悲或喜的往昔。

我时常幻想自己去了那座城市。我带着对一切无所顾忌的从容和向往，我低调平静又热情沸腾。岚没有改变容貌和性情，她穿着成我所能记住的她最美的样子，在我幻想出来的地方，诧异而欢喜地看着我。场景几乎是固定的，不是公司也不是住宅区，是一个水泥糊成的小店，一个经营玻璃雕刻的小店。她也许正在工作，也可以是无所事事地发呆。

《晨·夕》（彩铅画） 张芊
昆明供电局变电管理一所
优秀奖

岚是我的同学、同桌、同龄。她没有离开这里的时候，我们经常聚在一起做东西吃。每次，我们都会守在那口锅旁，静静地看着火焰在消失，温度在被风一丝丝带走，锅却无动于衷。每次，那口锅都是用散发出来的金属器皿的气息，来彰显它即将到来的冰冷和平静。也许，就是因为那口锅的从容和坚固，才显得一成不变，才显得何其珍贵，就如同空气、时间、四季，还有岚。

在电话中，岚经常对我说起她住的那条小街，那是一条杨树荫蔽的小街，它的样子还保留着20世纪70年代的风貌，缓慢、悠长，日光散淡。她说，每天她都会从街头走到街尾，买几个馒头，拎几样青菜，顺便也看看风吹树响或是白雪压弯枝头。这是一种类似小说的生活，充满了市声和油烟气，也带着某种隐秘的欲望。

我也抬眼望着自己生活的这条小街，它有自己的困惑，有自己的坚守，有自己的兴旺与衰败，这些都是我不想触碰也不想了解的。一日，在小街上闲逛，发现在小街的一角，新开了一家礼品店。推门而入的瞬间，各色的毛绒玩具在不约而同地向我招手问候，小巧精美的挂件也叮叮当当地响个不停。站在它们中间，我毫不犹豫地像相信母亲一样相信来购买礼品的人的那份真情。这间小屋，先前是废弃的，后来被两个好朋友修缮一新，开起了自己的手工礼品店。这里的每一件礼品，一针一线都蕴含着一种温柔可靠的亲切感。我时常在想，如果这个小店是我的，它还会有一颗浪漫温情的心吗？

我的这个想法多么鲜明，几乎要刺伤我想象的极限，使我不断地想到那座城市，想到岚。而这时，岚，就在邮件里，我刚看到一半，眼泪就出来了。岚告诉我，她的宝贝女儿出生了，健康、漂亮，还很懂事。所以，在看到妈妈分娩承受的巨大痛苦时，竟然因为心疼妈妈而固执地不肯来到这个世界上了。手术过程，一波三折……

后来，在电话里，岚又不厌其烦地给我讲述女儿的各种细微的变化，我还可以清晰地听到小家伙咿咿呀呀的声音呢。岚原本是个果决干练的人，现在却满身满心的温柔。我的泪水又出来了，为岚的幸运和幸福而流。泪水，是暖的。

这么大的事情，这么大的痛苦，直到一切都已经过去了，岚才告诉我。因为她知道，我会坐立不安，会放心不下，会魂不守舍，又没有办法去到她的身边，那是一种煎熬。岚不愿意我来品尝这种煎熬。她说过，她要带给我欢笑，不是煎熬。

每次想到岚，我都会来到阳台上，长时间地站着。今天，外面下着雨。我听着雨的唰唰声，看着雨落在树叶上时树叶的轻弹，看到路上的行人，披着雨衣打着伞，五颜六色的，像刚刚清洗过的水果一样。当我浑身湿漉漉地站在礼品店里，我看见，两个有着一张甜美笑脸的女孩站在柜台里面，自然而美好。我为岚选了一款事事如意的手机挂件，还为她的小公主准备了一个可爱的毛绒玩具。我相信，她们一定会喜欢的。单就礼物中渗透出来的些微的甜的感觉，她们就一定会很喜欢的。

是的，我们这一生，会遇到很多的人和事，会遇到这样那样的不安、疼痛、惊扰与挣扎。但是，我们要保存好这样那样的笑声。就像我在一位女诗人的博客中看到的那句话一样：“她像草芥般伶仃。她像草芥般微末。但是有时，她会像刚清洗过的水果一样，有些微的甜。”

【春晖当相报】

岁月，从你到我

◇李子燕

小学一年级的冬天，我突然出了麻疹，浑身长满大包，奇痒伴着发烧，难受极了。妈妈变着法儿给我做好吃的，还吩咐哥哥姐姐轮流陪伴我，讲好听的故事哄我开心。于是，我 7 岁的小脑袋里冒出一个奇特想法——原来生病是一件“幸福”的事！

百无聊赖中，一位走乡串户的推销员阿姨闯进家门，大包小包的物品中，一双公主鞋吸引了我的目光。我一骨碌起来，贪婪地盯着那双粉红色的皮鞋，脱口而出：“太漂亮了，我太喜欢了！”妈妈爱怜地抚摸着我的头，把我重新塞回了被窝，叮嘱我不要再乱动。我嘟起嘴，鼻子一酸，委屈的泪水冒了出来。

见我流泪，妈妈有些不忍心，就漫不经心地问了一下那双鞋的价钱。售货员阿姨很会察言观色：“15 元。这是当下最流行的儿童鞋，你家老闺女穿上，一定比城里闺女更好看。”妈妈问能不能便宜点儿，我直勾勾的眼神，无形中成了推销阿姨的把柄，她态度坚决咬住 15 元不放，说一分也不能少。

妈妈无奈，只好悄悄跟爸爸商量：“老闺女从小都是捡哥哥姐姐的衣服，现在正生病呢，不然就紧一紧买一双新鞋吧……”

“这刚刚翻新了房子，还欠人家积荒呢。”爸爸长叹一声。

“卖鸡蛋攒了有 20 元，拿出来，买了吧。”

“那钱原本打算过年给你买件呢子大衣的，结婚时借人家大衣给你穿，这些年，我一直觉得对不住你……”爸爸声音中满是愧疚。

“我整天围着锅台转，穿啥都行。”妈妈的声音有种甜蜜和满足，丈夫的关爱让她倍感欣慰。

7 岁的我，渐渐读懂了妈妈的为难和爸爸的无奈。唉！没想到自己的第一个小小心愿，给父母带来如此严重的困扰。我轻咬嘴唇，一颗心七上八下。15 元，在 20 世纪 70 年代普通的农民家庭，那是能解决很多事情的！一个学期的学

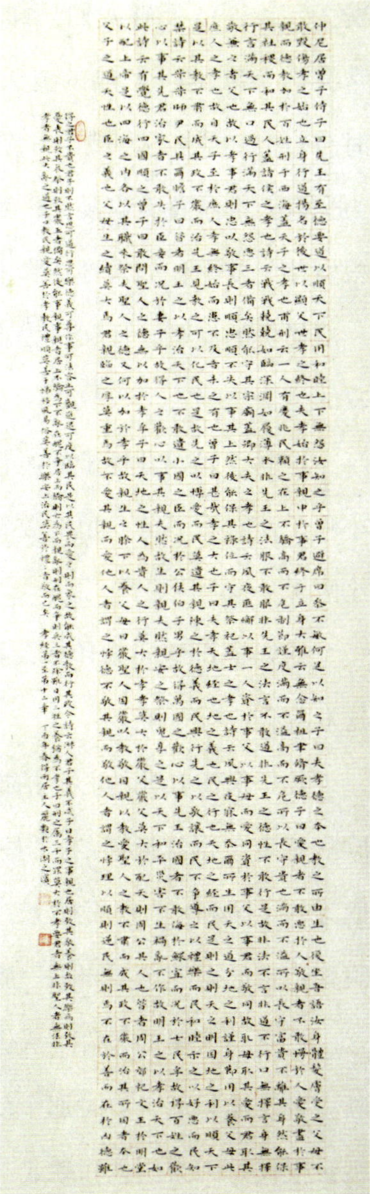

《孝经》（小楷） 庄丽艳
江苏省无锡市华庄中心小学
一等奖

费 3 元钱，15 元够我们兄妹四人一学期的学费；一根冰棍 5 分钱，15 元能帮我们全家度过炎热的夏天；一根麻花 1 角 5 分，15 元够爸爸春耕秋收时打打尖，再也不会饿得胃疼了；或者，让妈妈去县城买上几匹最便宜的布料，为全家人都添置新衣裳……可是，粉红色的公主鞋，是我 7 岁人生里开始生根发芽的梦啊！如果穿在脚上，一定会让所有的小伙伴羡慕我。可是，为了一双昂贵的皮鞋，让父母为难，让全家人拮据，那么这种独享的快乐，难道真的是快乐吗？

这时，妈妈开柜子的声音把我吓得一激灵。只见妈妈从柜子里翻出一个小匣子，然后一分一角地数着钱。我腾地从炕上跳下地，光着脚捂住妈妈的小匣子："我不买了！"

妈妈惊讶地问为什么，我第一次对妈妈撒谎："我其实一点儿也不喜欢这双皮鞋……"

妈妈最懂女儿的心，拍拍我的小脸蛋，坚持要买；我急了，长满麻疹的脸颊肯定急得红通通的，"妈，真的不买了！我最喜欢您做的布棉鞋，穿上既柔软又暖和！"见此情景，推销员阿姨知趣地走了。妈妈把我搂进了怀里，我知道自己做的选择叫——放弃！

后来，家里的条件一天天好转，中学毕业时，我终于拥有了属于自己的新皮鞋。遂想起 7 岁时那个梦想，不过同样是皮鞋，为何不再是童年的感觉呢？仅仅是因为颜色和款式不同吗？妈妈仿佛看透了我的困惑，笑着说："黑色的皮鞋适合与各种颜色的衣装搭配，喜欢吗？"

我抿抿嘴笑了笑，说喜欢。这是我第二次向妈妈撒谎。因为我知道，家里的境况只是相对好转，哥哥姐姐都在上高中，父母的压力其实更大了，根本没有余钱为我买各种颜色的皮鞋去搭配不同的服装。又过了几年，家里条件好了，终于可以买一双粉红色的皮鞋了。我突然意识到，这个颜色的皮鞋跟自己的年龄身份不太符合。于是就跟妈妈开玩笑地说，结婚时再穿吧。妈妈立刻打消了我的念头，因为按家乡风俗，粉红色是“二婚”的专利，绝不能选择粉红色。

没办法，关于粉红色皮鞋的幻想，就一直搁浅下来。意想不到的是，尚未谈婚论嫁的我，因为意外终生与轮椅为伴，毫无知觉的双脚只适合穿质地柔软的布鞋。后来为人妻，我便开始幻想能有一个女儿，为她买各种各样粉红色的鞋子，每踏出一步，都会是一个浪漫的圆舞曲。而儿子的降生，再一次搁浅了我那个粉红色的梦。男孩要有男孩的模样，我把一切代表力量和希望的颜色赐予儿子，如生机盎然的绿色、澄澈高远的蓝色、成熟稳重的灰色、深沉庄重的黑色，还有阳光热烈的红色、代表胜利的黄色。唯独不适宜儿子的，就是我最钟爱的粉红色……

于是，童年那双粉红色公主鞋，成为遥不可及的梦。如今，每当有小女孩穿着粉红色皮鞋经过，我还是会望上好久，那活泼的步履和甜美的笑容，仿佛轻盈着我儿时被遗落的梦。然后，低头凝视妈妈亲手做的棉布鞋，最温柔的情愫便会铺天盖地而来。

岁月，从你到我，爱是你我间最暖的颜色。岁月，从我到你，色彩是永恒的歌。

爱的轮回

◇邹安音

母牛渡江

嘉陵江的水一路逶迤而来，至此徘徊，欲走还绕，把一段秀美的身姿留于司马相如故里——四川蓬安县周口镇，供人观赏。

周口镇的油坊沟村，美得迷离了岸边人的眼神。江水缓缓东流，如练如绸。情至深处，它竟然在江中绾系一个美丽的结，圆满而馨香，谓之太阳岛。结心是青青的草和浅浅的水湾，吸引着生灵们的目光，牵扯着岸边人的思绪。

7 月，芳草萋萋。在朝阳喷薄而出时，牛们踏芳而来。头牛一声嘶鸣，数百头牛犹如疆场勇士激情喷发一般，力破江中涡旋，一路披荆斩棘，一路高奏凯歌，直抵水草丰美的太阳岛。百牛渡江，这是中国唯一的生态奇观，在此华美上演。

水之上，春天成长的鸭们和鸥们兴奋极了，它们忽而浅翔低唱，忽而绕颈轻语，牵绊着牛们的啼声。牛们瞬间安详，悠闲踱步，轻嗅花香。蓦然回首，一头母牛惊见刚出生几天的小牛犊正在对岸哞哞叫着！母牛瞬间发狂，它毫不犹豫地舍弃唇边的青青绿草，扑通一声跃水，折回江中，朝对岸那双期盼的眼神奋力扬蹄。

岸边人惊呆了，小牛犊安宁了。在岸边人泪光盈盈的迎送下，不一会儿，小牛犊就温顺地匍匐于母牛厚实的背脊上。在嘉陵江水轻柔的抚摸下，在太阳岛的热情拥抱下，岸边人完成了一个美丽的心结。

岸边人是我！

江水不息，生命永恒。

观星楼传奇

千水成垣，天造地设。

山围如高门，名阆山；嘉陵江水绕，名阆水；城囿山与水之间，名阆中。

七月流火。夜之魅，锦屏山上，凭栏远眺。古城之外，江水浩渺，碧波暗

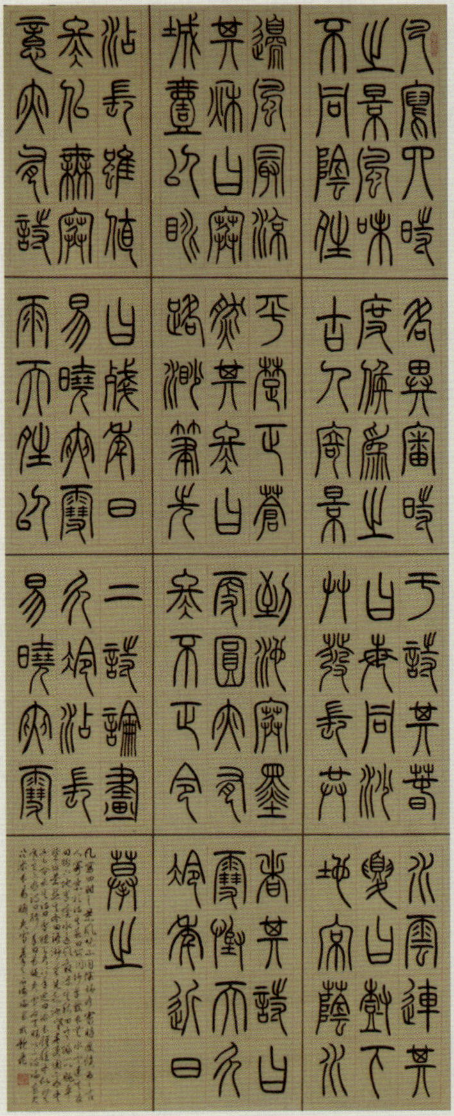

《石涛论画》（篆书） 武艳丽
内蒙古电力（集团）有限责任公司
乌海电业局海勃湾供电分局
三等奖

涌；舟楫渔歌，星火点点，青山对峙。这一派气象真道是："三面江光抱城郭，四围山势锁烟霞。"瞧，古城飞檐翘角，鲫鱼背脊般一爿爿叠加开去，宛然一个天然的太极图。仿佛刚从亘古的洪荒地走来，又要走向星河灿烂的未来。我屏住呼吸，想要凝滞时光，不忍归去！

"春雨惊春清谷天，夏满忙种暑相连。秋暑露秋寒霜降，冬雪雪冬寒又寒。"《二十四节气歌》这铿锵有力的音律，响彻云霄。它像一位神清气定的老人，虬髯铜须，目光如炬，穿越历史的长河，从西汉飘然走来。

是阆中人落下闳吗？

在这烈焰似火的7月，以竖竿观日，据竿影长短，中分夏至冬至；又沐昼夜之风，体味长短之变，再定春分秋分。进而确立立春、雨水、惊蛰等二十四个节气。汉武帝龙颜大悦，为之定名为《太初历》——今之农历。公元前104年《太初历》实施，确定以一年的孟春为岁首春节。

是阆中人落下闳——中国的"春节老人"。2004年，联合国教科文组织将16757号行星命名为"落下闳星"。今锦屏山"观星楼"和青铜塑像可以做证。

四季轮回，天地永恒！

母亲和我

去年今昔，女儿刚放暑假，我就一人乘车回了老家重庆大足，把年迈的母亲接来小住时日。

没承想回南充的路很曲折，票早被一抢而空。只好买了合川转乘车。谁知道到了合川，一问到南充的车要下午 2 点才出发，索性打了的士，把母亲接到南充。

还好，整个过程母亲都安静地跟着我。母亲晕车，早上在车站我买了晕车贴贴在她耳垂，居然一路上都没晕车，大喜。把母亲接来小住是很费周折的，74 岁高龄的她根本不愿出远门。她心里装着的是满满的乡音和乡情，城市的高楼大厦远不及她的一个灶房或者一只鸡鸭重要。

到家，安顿好母亲后，我就出门了。没想到她一觉睡到 5 点多，其时我也刚好回来。看母亲规规矩矩坐在沙发上，很无聊的样子，我索性打开电影频道让她看电视。正好播放动画片《八仙传说》，母亲兴奋极了，津津有味地盯着屏幕不转眼。

晚餐我买了她喜欢吃的卤水豆腐。饭毕，我又带她到就近的西河体育公园游玩。没想到母亲的记忆力特别好，一直述说公园建成前的模样。我特地把她带到公园音乐喷泉那里，看小孩子嬉戏玩耍和冲浪。母亲很开心，眼神因兴奋而清澈明亮，像个孩童，始终让我拉住手走路。她的手皲裂而厚重，像她苦难的一生！

小时候母亲拉着我走路，老了我拉着她走路，人世就是这样一个过程。

生命轮回，亲情永远！

暖心的柴火

◇文雪梅

重回乡下的娘家，是一个冬日的下午。进了门，母亲便急着招呼："上炕，炕上暖暖！我再抱点儿柴烧炕，一会儿就热了！"

长这么大了，就是喜欢冬日里用柴火烧得热乎乎的炕头。

我知道，这些柴火都是祖父在世的时候砍的。每年冬天，一有时间祖父就会上山砍柴，粗棒细枝，打理好后背回家。闲了，坐在院子里的小凳子上，用斧子剁成一节一节的，长短差不多，堆放得整整齐齐。

小时候，在寒冷的冬日，我依偎在祖父身边，静静地看他用柴火热牛奶、烤馍、熬茶喝，就连我们火炉里取暖用的燃料都是祖父自制的木炭。有了这些柴火的温暖，即使寒冬腊月，外面北风呼啸，大雪纷飞，但在屋子里丝毫感觉不到外面的寒意。

那年的冬日，我出于好奇，死缠硬磨要跟祖父上山砍柴。祖父对我说："山里风硬，你个女娃子，怕是招不住，别去啦！"可是，倔强的我哪听得进去祖父说的话。那时我总觉得上山砍柴一定很有趣，说什么都要去。无奈，一向疼我的祖父就带上我这个“累赘”，拿着斧子和绳子就进山了。

果不其然，一到山上，就像祖父说的那样，刺骨的寒风迎面刮来。树木如醉汉般东摇西摆，风穿过树梢，怪声地怒吼着、咆哮着，更像一把利剑，刮在我脸上像刀割一般疼痛。此时，空旷的山野给人一种阴森森的感觉。

这一切，对于经常上山砍柴的祖父来说早已习以为常。就在我东张西望时，他已开始砍柴了。只见，祖父站在一棵倒了的枯树前，挽起袖子，双手举起斧子，眼睛睁得大大的，目光瞄准要砍的地方，巨大的斧子自上而下重重地劈下去，一下又一下，是那样的有力且富有节奏。而站在一旁的我早已冻得牙齿“咯咯”响了，悄悄钻进灌木丛中不敢伸出头。凛冽的寒风中，祖父像位舞者，抡圆了的斧子是他最美的道具，山野中回荡着“嗨嗨”的号子声。

天色越来越暗，北风越刮越冷。一会儿，天空中就有零零星星的雪花飘洒下来。这时，祖父砍的柴火也够他背了，他见我泪汪汪的，边捆柴边笑着说：“让你不来就是不听话，这下可好，冻坏了吧？快，咱们这就回家！”说完，祖父将整齐的柴捆挪到高一点儿的山崖边，然后，背靠在柴上，将捆柴的绳子搭在双肩，背上柴后便拉着我的手回家。

在路上，不经意间，我看见祖父那双手已经冻得红肿，且裂开了一道道深口子，依稀可见斑斑血迹。我走了一路，哭了一路。祖父不停地哄着我：“乖，快到家了，有热炕就不冷了！”殊不知，我是为他而流泪呀！

那年，祖父 74 岁，我 12 岁。

从那一次起，也不知为何，我坚决反对祖父上山砍柴。他的斧子、绳子全让我悄悄藏了起来，可他东翻箱西倒柜又找了出来。

祖父面朝黄土背朝天，一辈子在黄土地上摸爬滚打，每天鸡叫起、半夜睡，东山的日头往西山落，吃尽了不少苦头。他经历了“三年困难时期”，差点儿饿死。他一生娶的3个女人都身染重病，先后离他而去，走到生命的最后，祖父仍孑然一身，孤苦伶仃。饱经沧桑，多苦多难的日子磨炼了祖父坚强的意志，也培养了他勤劳善良的品格。

后来，随着社会的发展，人们的生活越来越富裕，我们家也盖了三层小楼，我们兄妹也都大学毕业，相继有了工作，这样好的生活总该断了祖父砍柴的念头了吧？再说，他都80多岁了，哪有力气扛起那一捆沉甸甸的柴火啊！可是，让我想不到的是，每次休假回家，都能碰到祖父佝偻着身子，颤颤巍巍拄着拐杖，多多少少要往家里背点儿柴火。那时候，祖父的眼睛已经看东西模糊，而且有些糊涂了。得知这些，我的心里更不是滋味，嗔怪他：“现在都什么年代了，都用煤、用电，谁还烧柴火？叫你不要背了，就不听！”

“煤、电？那没电时就用不成了！”祖父拉长嗓音说。

现在想想，那时的我真的太不懂祖父了。从他茫然的目光中我明白，只有砍柴才是他生活中最有意义的一件事！

我走上社会的第一份工作是在南方的一家公司打工。一个夜里，我做了一个梦，莫名地梦见乡下老家院子里的梨花开了。盛开的梨花像云锦似的漫天铺开，雪白一片，周围似乎氤氲着沁人心脾的花香，祖父坐在梨树下满脸微笑。梦醒后，我再也没有睡意，冥冥之中，我感觉有种不祥预兆。

果不其然，翌日清晨，噩耗传来：祖父走了！母亲在电话中告诉我，祖父在弥留之际念念不忘的人就是我。他不住地说：“妞妞的喜酒我喝不上了！”放下电话，我的内心却很平静，没有掉一滴眼泪。心说：祖父辛辛苦苦奔波了一生，现在终于歇息了，到了另外一个世界，永远不用再砍柴了。

那年，祖父 89 岁，我 27 岁。

30 岁那年的秋天，在我出嫁的日子里，瓢泼大雨一连下了好几天了，还没有停歇的意思，电线杆都被大水冲垮了，被迫停电三天。这个喜事可怎么办？正在全家人一筹莫展之际，父亲提出当年祖父在老屋里还存放着许多柴火。果然，我们曾经住过的老屋房檐底下垒着两座小山一样，干裂了的柴火。停电了，丝毫也不影响婚礼的正常举行，锅下面的火苗依然很旺，熊熊燃烧着，一切都在有条不紊地进行着。

饱含着老人辛酸的柴火在我最需要的时候派上了用场。这时，祖父背着沉重柴火的瘦弱身子，在雪花飞舞的日子里，蹒跚而行的情景又浮现在我眼前。该享福了，他却走了！如果祖父还活着，那该多好！

我心如刀绞，泣不成声。

祖父虽然已经离我们而去了，但他的柴火一直在温暖着我。祖父的柴火如同一盏永不熄灭的灯，亮在我的心中，照亮了我的人生之路。它点燃了我的希望，点燃了我的理想。即使在风狂雪虐的日子里，在心情忧郁的时刻，我从不沮丧，从不后退，勇往向前。因为祖父点燃的那一堆火在启示我，在召唤我，它如同十五的月亮那么皎洁，如同金子一样闪光。

爱的轮岗

◇喻贵南

《母亲》（国画） 陈永芳
内蒙古自治区林业监测规划院
二等奖

晓清是个农村女孩，身材高挑，面容清秀，26岁了，却很少有人上门提亲。为什么呢？因为娶晓清必须“娶一带一”，娶了女儿带上娘。晓清父亲早逝，和母亲相依为命。而她母亲瘫痪在床好几年了，吃喝拉撒都需要人伺候。小伙子大都不愿接收这“娶一带一”的现实。二婚或不务正业的老单身，晓清又不乐意。她以为，二婚的家庭关系比较复杂。不务正业的，就更不必说了。她宁愿守着母亲过一辈子，也不愿自己婚后让母亲受委屈。

一天，从临镇来了个年龄相当的小伙子，名叫邓宇。家里就父子俩，邓宇开拖拉机维持生计，家境一般。只是邓宇不到一米六的个头，又黑又胖，还是秃顶，塌鼻梁。晓清跟邓宇站在一起，看上去的确有些不般配。晓清思量着：自己 26 岁了，不一定能找到更适合的了。自己虽不着急嫁，可瘫痪在床的母亲着急啊！邓宇人老实，虽然挣钱不多，但总比吊儿郎当的男人强，便答应了对方的求婚。

婚后，小两口一个主外，一个主内。有了妻子，家里温馨多了，邓宇很开心。家里多了两口人，生活压力自然大了，邓宇很卖力地赚钱，总是早出晚归，把赚来的钱悉数交给晓清打理。雨天不能出车时，邓宇便主动干些家务，不是洗衣浆衫，就是给岳母洗脸喂饭、剪指甲等。

邓宇的表现，晓清很满意。这个比她矮一头的男人，对家的责任心以及对家人的爱，让他在她眼里，越来越高大了。晓清的母亲虽然身体瘫痪，可脑子不糊涂，她瞅着这个不中看却中用的女婿，常常笑歪了嘴巴。

其乐融融的家庭气氛，让全家人都坚信：每一个明天，都会越来越好。

可灾难往往像宁静海面下的暗礁，一不留神，生活的航船就会触礁。邓宇家的日子眼看着越过越红火了，可婚后第六年的一个晚上，邓宇帮发小赵刚运完水泥后，赵刚非拉着他好好喝一杯不可。饭后，多喝了几杯的邓宇拒绝了赵刚留宿的好意，因为他牵挂着家人。开车出门时，邓宇并不觉得有醉意。可是，车至半途，酒力发作，在经过一处山崖时，对面驶来一辆摩托车，邓宇神情恍惚，握方向盘的手用力失了分寸，车子直接开下了山崖……

邓宇从死亡线上兜了一圈回来，脊椎骨折了，引起脊髓损伤高位截瘫。

晓清由最初难以置信的震惊，到伤心欲绝地哭泣，再到倾家荡产负债累累了。即便如此，晓清也没有放弃，仍四处求医问药，为丈夫治病。可是，她再多的努力也都无力回天。一杯酒，就这么将邓宇的下半生钉牢在了轮椅上。

晓清娘从来访邻居无意的谈吐中知道邓宇翻车受伤的事后，受不了这沉重的打击，一声“崽呀”，一口气没上来竟溘然长逝。

辛苦拉扯大自己的娘亲再也看不到了，轮椅上的丈夫不知何年何月还能站起来，公公年迈，女儿年幼，一家子老的老、小的小、残的残，晓清常常背着家人以泪洗面。曾经充满欢声笑语的家，一时成了愁云笼罩的可怜小屋。

“如果不是因为你娘，你不会嫁给我。我曾想让你过上好日子，可是……你看我……”晚上只有两个人时，邓宇看一眼埋头叠衣服的晓清，低头嗫嚅着，脸上带着愧色。

《黄香故里　孝感动天》（工笔画）
李凤燕
湖北省孝感市云梦县黄香小学
一等奖

晓清不说话，继续叠衣服。

“你……改嫁吧，带着孩子。只是……让孩子常来看看我们。”邓宇不是在瞎说，这是他深思熟虑后的想法。晓清听在耳里，心却碎了一地……有感动，有苦楚，也有心酸。

“你别瞎想。”晓清抬起头来，用不大的声音回答，“这是我的家，我跟女儿的家，我们会一直在这里。”晓清眼里噙着泪花，接着说：“以前，是你不嫌弃我那瘫痪的娘，是你挑起了这个家的大梁，照顾我们。现在，轮到我来照顾你们了。就像娘养我的小，理当我养娘的老。虽然娘不在了，你身体不好，我也不会只顾自己幸福，带着孩子嫁人。我和孩子会一直在这里，陪伴你。”稍后，晓清又说：“生活，没有过不去的坎，你别多想。”

契诃夫曾说：“困难与折磨对于人来说，是一把打向坯料的锤，打掉的应是脆弱的铁屑，锻成的将是锋利的钢刀。”

如果说晓清以前只是相夫教子的弱女子，那么生活的重压让她不得不咬紧牙关，迎难而上。她想，她不能再成天愁云惨淡的了，她得振作起来，琢磨着怎样改变现状。

在家里，晓清的情绪影响着家人。晓清心情好了，孩子便多了笑声，邓宇和他爸心情也跟着好了很多。邓宇虽然坐在轮椅上，但他想法子做着力所能及的事——照顾孩子穿衣吃饭，煮饭做菜，修这个补那个，俨然成了“家庭主夫”。而晓清思来想去决定接过邓宇的衣钵——开拖拉机。邓宇坚决反对。可晓清说：“我不沾酒，道路不好的地方不开车，不会有事的。依靠种地，我们永远也改变不了现状。”

晓清说干就干，四处借钱，重新买来一辆新的拖拉机，因为之前那辆已经报废了。

从最初握着方向盘的胆战心惊，到后来的轻车熟路。这之中，晓清不止有过胆怯，也有过惊吓。雨天路况不好，车子打滑，她也曾将车开到了水田里。而且，不时地装货卸货，她细嫩的双手变得满手是茧。不过，她从未想过放弃，就像她不会放弃她这个家一样。

很快，周围乡邻都知道附近有个女司机，名叫晓清。为爱轮岗，就算嫁人时，也处处为瘫痪的母亲着想，只为报答母亲的养育之恩。婚后，面对车祸后高位截瘫的丈夫，及负债累累的家，她再次为爱轮岗，坚强地走上丈夫之前的岗位，每天早出晚归，用瘦弱身躯扛起一肩风雨。而且，对旁人，她也有着一副热心肠，常常优惠帮人运东西，或者顺便捎带。她的脸上，总洋溢着春天般温暖的笑容。

晓清的生意，一天比一天好起来。家里的债务，也像阳光下的积雪，慢慢地融化了。因为有着勤劳的双手及善良的心，晓清的拖拉机后来换成了大汽车，房子也翻盖成了三层小楼。

村里的几个年轻妇女，因晓清的鼓励和影响，也勇敢地加入到了开车的行列，日渐走出了家庭的困境。

而邓宇，就像当年的晓清，以最大的限度，为她在屋内点一室温馨，守望着她每日归来的脚步。

孝是动心行动

◇谢娜利

久闻威海是世界排名前十的宜居城市，向之已久。然而，第一次到威海打动我的并不是它的美，而是一则触及我灵魂的故事。

那天，晚餐后我踱步到威海植物园。站在晚霞洒落的观景台，远眺闪忽着初秋韵律的灵山秀水，不禁仰头大诵：“层台极目海云闲，缭绕春云返照间”“东溟遥望白云封，幻出奇观千万重”。

“好美的诗句。”一个扎着马尾辫的姑娘在台阶下笑盈盈地看着我。她双手推轮椅，大脸庞上晶晶闪动的汗珠透着粉红的玲珑。轮椅上的老奶奶仰着头，半张着空洞的嘴，白发轻扬，脸上的皱褶在暮色里塑成一份静谧和安详。绿的树林、红的塑道、银的轮椅、炫的余晖，我仿佛突然从缥缈的画卷走进另一幅温馨的画面，一时竟无语凝噎。痴迷了好一阵才喃喃而问：“想上来吗？”

“好啊。”姑娘的回答宛若林中微风。她对我扬了扬头，然后蹲下身子，轻轻地握着老奶奶的手，小嘴唇贴紧老奶奶的耳根。那一俯一仰的温柔似水莲娇俏，我一阵心暖。

当我们将轮椅抬上观景台，老奶奶便孩童般抓住木栏杆“咦咦呀呀”欣喜。“你奶奶？”我问。姑娘乌溜的黑眼睛弯成月牙。“你多大了？”我继续问。“我九七年的。”她的笑靥装着“孝顺”二字。“真是个好孙女。”我说，拍下了她们的镜头。

离开威海的前一天，我又踏上了观景台的路。嗅着从海洋深处飘来的空气，想起第一天的遇见……忽然，前面拐角处传来低低的哼唧。我快步走过去：马尾辫姑娘正搀扶着一位60多岁的奶奶。奶奶的身子重重地倚在姑娘身上，脸上一派纠结。姑娘一手紧搂着她的腰身，一手摩擦着她的肚子。

“怎么啦？”我疾步过去。“啊，您来了！能请您帮帮忙吗？”姑娘的脸上有一层忧虑：“奶奶今天有点儿便秘，老是想拉。”“你奶奶？”我一阵迷糊。

道路尽头的青山绿水间，隐落着一幢红瓦白墙的院落，远远看去就像一幅勾勒在蓝天白云下的国画，自然而带着浓郁的人文情怀。当大楼的标志醒目地跃进眼睛，我不由地张开了惊讶的大嘴——祥颐养老。

“没事了，我可以叫同事帮忙了。您回去吧。”姑娘的酒窝漾着暖暖谢意。“我没事，我想进去看看。”我的舌头有点儿迟钝。

跨进大门的一瞬间，我立即被一种浓浓的温情和爱意浸透，那装饰如五星级酒店富丽雅典的大厅，有着家的温馨舒适。来到三楼奶奶的双人间，只见偌大的房中，摆着两张铺着白被褥的大床；床头装着24小时呼叫系统；靠窗放着一个360度自由转向的助行器和一台智能轮椅；靠墙摆着一张洗浴专用轮椅。

姑娘将奶奶搀扶进厕所。厕所很大，雪白。洗脸台、智能洗澡机、智能马桶，一切安置得合理而人性。奶奶坐在马桶上直吭哧，姑娘一边抚着她的手，一边摩挲着她的肚子。“马桶不是有通便功能吗？怎么还要摸？”我明明听到通便器咝咝的响动。“奶奶有严重的认知症，我离开，她会有恐惧感。这样守护着，她老人家才有安全感。”“你真细心。第一天我还以为那个老奶奶是你亲奶奶哩。原来你跟每个人都这么亲。看样子他们都蛮依赖你的。”“是啊，我就是要成为他们的依赖。”姑娘水灵灵的眼睛鲜花一样放光。

后来我才知道，姑娘其实是祥颐养老策划部的一名管理人员，她酷爱设计和文学，可她就像一名经过严格训练的专业护士。她走到哪里，哪里的爷爷奶奶都会亲切地叫她：“孙女，孙女。”她见着爷爷奶奶也会主动走过去亲热：伸手抱抱，帮着理理头，拉拉手，扯扯衣。真像一个亲孙女。

“你不厌烦老人吗？我可见过很多年轻人都嫌老人又脏又糊涂。”姑娘的眼光倏忽变得极认真地说：“我们这全是年轻人，我们老总也是‘80后’，但我们都不讨厌老人。也许我们还不懂得怎么去爱老人，但我们都在学着爱，学着报答。因为我们的爷爷奶奶已经老了，我们的爸爸妈妈正在老，我们将来也会老。”她停顿了一下，继续说：“真的，我来这里两年多，真正体会了我们老总说的一句话：‘孝，需要行动，但不仅仅只是行动。’”

我突然发现姑娘瞳孔里发出的不是光，而是两束带着温度的彩虹，她用最美的表达将骨子里的情感送给天下老人。

冰雪在地

◇季纯

今夜，在火车上，我写下雪，写下焦虑和思念。此刻，我看不到雪，但我知道它一直在窗外的大漠里，雪抱着雪，不畏严寒地抱着彼此。雪，无疑是开在冬日里最圣洁最耀眼的花。

“冰雪在地”不是一个成语。我对它的认识来自母亲，母亲会说很多的四字短语，形象又贴切。当然这不是她独创的，母亲的说法来自母亲的母亲，也就是我的外婆。故乡的人都会说有别于教科书之外的四字短语。就这样一辈又一辈传了下来。

现在，儿子经常坐火车从上海往

《冬至》（油画） 高洪蕾
东北师范大学南湖实验学校
一等奖

我的家赶，我则经常坐火车从我的家往父母的家赶。儿子不喜欢吃我做的面条。有一次，他和我回到老家，看到我的母亲也在做这样的面条，用他的话说是“黄汤水面”，他问我：“你们这是祖传的吗？”是啊，只有故乡的味道，才标识着一个人的归属感。

母亲病了。其实，年迈的母亲一直是病着的。冠心病、高血压一直折磨着母亲。如果不是病重，母亲宁愿自己忍着也不会告诉儿女。

我在电话中对母亲说：“您放心，我马上请假回去。”

母亲说：“冰雪在地，你注意安全！”

我下午坐上火车，一站又一站，我看到原野上麦田里的雪，屋顶上的雪，千沟万壑高原上的雪……渐渐地，天黑了下来。从车窗望出去，先是明亮的灯光装饰着高大的楼房，紧接着，我看到庄户人家窑洞的灯光，宁静而诗意，就像一只只明净温暖的眼睛，让人忘记了旅途的劳顿。难怪有那么多作家，生活在城市，却一次次去写村庄与乡愁。

火车快速行驶，我的思绪飞转。我想起那一年，母亲住在乡下，我们那时还没有买车。正月初一，雪纷纷扬扬地飘下来。一向爱雪的我此刻却无心赏雪，忧心忡忡，因为正月初二我要回娘家。婆家的人都劝我，等雪化了再回吧！

雪什么时候能化？思家心切的我等不到雪的融化。正月初二，我和爱人领着才 3 岁的儿子回娘家。因为雪未融化，没有直达的长途客车，只有短途客车。爱人问我：“还回吗？”我坚定地说：“回！”

客车在冰雪路上行驶得异常艰难，我们坐在车上胆战心惊，只怕一个不小心客车会侧翻。就这样，坐着带有防滑链的客车，坐一站下来换乘另外一趟车，途中等车的劳顿自不必多说。等我们紧赶慢赶赶到离家只有20里路的小镇时，最后一趟客车人已经坐满，无论我们怎样招手，司机都没有停车。此刻已经是下午4点。小镇上的人见我们拉扯着孩子，都劝我们在小镇上住一夜再走。而我，全然不顾带着幼小的孩子步行20里路的艰辛，心一横，脚一跺，和爱人拉着孩子说走就走。

在白得耀眼的雪地里走了一里路，起风了。黄土高原的风，张着大口，夹杂着哨声，呼啸而来，吹得人骨头生生地疼。

风和雪完全主宰了这个世界。爱人拉着儿子走一会儿，抱一会儿。终于，精神了一整天的儿子困了，两只眼睛直打架，竟然睡着了。爱人看儿子的小脸冻得红红的，急忙脱下自己的棉外套包裹着儿子，而他只穿着毛衣。我心疼地望着他，问："你冷不冷？"

他却豪气冲天地说："让暴风雪来得更猛烈些吧！"

天渐渐黑了下来，整个山路上，只有我们3个人。风声越来越大，胆小的我被恐惧牢牢捕获。为了给我壮胆，爱人竟唱起了歌。

在雪地里，脚下滑溜溜的，即便是不负重也走不快，何况我们还背着孩子和行李。我一边深一脚浅一脚地走着，一边自责着，晚回一天不行吗？在小镇住一晚上不行吗？害得爱人和孩子都跟着受罪。

约莫走了3个多小时，我和爱人都已经筋疲力尽，还有小一半的路程。我嘟囔着："照这样的速度走，走到家得很晚啊！"这时，远处竟意外地传来汽车声，慢慢的，我们看到了车光。那一刻，我觉得那是人间最美的光亮。

走近了，是一辆拉货的大卡车，好心的司机停了车，招呼我们上车。坐上车的那一刻，孩子竟醒来，高兴得连连大喊："噢！噢！我们坐上车了，我们很快就要到外婆家了！"

每次冬季回家，母亲都会说："冰雪在地，你们拉扯着娃娃，路上不安全，不能回来就不要回来了。"但在回家这件事情上，我很执拗，想哪天回就哪天回。因为只有回一趟家，我才能安心。这么多年，夏天回家遇到过暴雨，冬天回家遇到过暴雪。

火车一路颠簸，凌晨5点终于到站。我只说我会回来，但我不能告诉母亲归期，外面都是雪，她知道了会惦记着睡不着觉。母亲老了，失眠这样的小事对母亲而言就是大事，因为她会失眠而头疼头晕。

到家了，我拖着行李箱，站在门外。月亮在高处，也冷得瑟瑟发抖。此刻，父亲一定在熟睡，而母亲呢？她会不会已经醒来？我拨打她的手机，接听了，我说："妈，我回来了，就在门口！"

母亲的年龄越来越大，身体一天不如一天。最怕的是，有一天，我回来了，深更半夜，却再也叫不开那扇老屋的门。

多少年了，对于他人，"冰雪在地"也许是遥远，是阻隔，而对于我，则是一次又一次的归程。

长姐如母

◇郑能新

小时候，在我们家里，我与姐姐感情最亲，关系最好。其实，姐姐只比我大6岁，也是需要关爱、需要呵护的年龄，但因为有我这个小弟弟，她被父母宠爱的日子早早地结束了。

《慈母》（版画）贾弱苗
山东省菏泽市牡丹区长城学校
三等奖

我永远记得姐姐小时候的模样：扎着两条羊角小辫子，大眼睛，圆圆的脸蛋，一笑，腮中就出现两个好看的酒窝；一开口说话，就会露出一对尖尖的虎牙，十分迷人。小时候，非常羡慕姐姐的虎牙，我曾拿着小圆镜照自己张开的嘴巴，看着自己那一口平整的牙齿就十分懊丧，问姐姐的虎牙是从哪里来的，姐姐就哄我说是母亲给她装上去的。于是，我就吵着要母亲也给我装上那样的牙齿。母亲被我逼得一脸的无奈，姐姐却躲在一旁偷偷地笑。

姐姐带着我走过了童年。父母 40 多岁才结了我这么个“秋葫芦”，自然把我当“太阳”捧着。但父母一天到晚在队上挣那不值钱的工分，看管我这轮“太阳”的重任自然就落到姐姐头上。童年的我就像姐姐的影子，成天不离其左右。不会走路时，姐姐背着我四处游玩，待我能下地走路时，就像小尾巴似的跟在姐姐身后。有点儿好吃的，姐姐总是让我吃。有时候，我会给她留一点点，但大多数情况下，她只能眼巴巴地看我有滋有味风扫残云般地吃完。上小学时，姐姐已经上中学了，但她每天总是先把我送进教室，然后自己才去上课。放学后，她带我回家，并为我们全家做饭。看着我狼吞虎咽地吃完，她才去喊收工后还要到自家菜园或自留地里忙碌的父母，然后再去收拾被我弄得一片狼藉的餐桌。

姐姐很聪明，学习成绩很好，她每年都能带回两张奖状。她自己钉了满满一面墙，父母很少帮她钉奖状的。在家里，我们从小就养成了自己动手的习惯，因此，姐姐小小年纪就非常能干。不过，当我得回第一张奖状时，父亲和母亲都乐得合不拢嘴，两人还一个钉，一个在旁边瞄着，生怕钉得不正，而且还把我的奖状钉在姐姐的奖状上面。姐姐当时就在旁边站着，她望着那一墙的奖状一言不发。从那天起，我就发觉姐姐变了，她变得有些沉默寡言了，并且常常跟父母顶嘴。但对我却依然如故。后来，我每每拿回奖状，姐姐总是主动帮我钉好，而她自己的奖状却再也不曾上墙了。姐姐把她的奖状都珍藏进了她的那只小木箱里。

初中毕业后，姐姐以优异的成绩考入了高中，但她却没能继续读下去。那时候，父母相继病倒，家里背了很多债务，为了还债和继续供我读书，姐姐只好回家帮助父母种地。姐姐虽然辍学了，但她对我的学习管得很严，每天要检查我的作业。她见我的作文得分不高，就专程到学校去找她的同学——我的班主任老师，要他每天给我布置一道作文题。她自己还亲自买来一大摞纸，一张一张地裁好装订成册，并为我写上“家庭作文”字样。每天的作文先由她过目，再交班主任批改。同时她还为我买了《欧阳海之歌》《红楼梦》《三侠五义》《西游记》等书籍。姐姐说，不仅要让我多读书把作文写好，还要把我培养成作家。

在姐姐的苦心经营下，我不知不觉对读书和写作产生了浓厚的兴趣，我一天写一两篇作文不费吹灰之力，有时一天写三篇作文，还常常被老师打高分。升入高中的那年，我的语文在全县拿了第一名。那年作文满分 70 分，判卷老师竟一分没扣，成了当时轰动全县的一件大事。

长姐如母。我上高中那年，姐姐虽然已经找了婆家，但为了让我安心读书，她几次推掉婆家择定的婚日，在家里勤扒苦做。婆家为她买来的布料，她却挑好的给我做了两套极为体面的衣裳。一向穿着破旧的我，那些日子，在学校里很是风光。就连一些很势利的同学也对我刮目相看，可姐姐自己穿的衣服却依旧带着补丁。为此，她还遭了婆家的白眼。

再之后，我以几分之差落榜，没有考上大学。因为母亲病逝，我不得不终止了复读的想法，回家一边务农一边创作。后来，姐姐终拗不过婆家，被山那边的锣鼓敲敲打打地接走了。姐姐离开家的时候，没娘的姐姐抱着我痛哭了一场。山里的姑娘出嫁时，一般只是装模作样哭几声，但姐姐没有按套路哭嫁，她哭得声音嘶哑，泪如滂沱，直到被嫁娘连拖带劝地拉开，架着她翻过我家屋后的那道山梁子，她的声音还没止住。

姐姐的哭声一声接一声地扎入我的耳鼓：“弟弟啊，你这个苦命的弟弟啊！我再也照顾不了你了呀！”

哭声隐入我家屋后的那道山梁子里。那一刻，我陡然觉得心一下子空落了，此时，我才真正意识到姐姐在我心中的分量！我像一个孤立无助的孩子，心中一片茫然，空寂的屋子里只有父子俩戚戚相对……

婚后第三天，姐姐就回来了。此后，她经常隔三岔五地回家，依然为我们父子操持着一切，直到她的一双白嫩的手变得粗糙了，直到父亲去世，直到我走上工作岗位，她才不再为我操劳。

由于操心劳累，才 30 多岁的姐姐看上去却显得很老。

如今，我真的成了一位作家，竟也能挣回一笔笔令人眼热心跳的稿费。每次我领到稿费的时候，总要给乡下的姐姐寄去一些，可是姐姐每次进城来，总把那摞摞汇款退回我手中。姐姐说：“我不要你接济，你们城里花销大，我只要你有出息，我脸上光彩。”

姐姐就是这样朴实无华，她就像是一种动力，推着我向事业的高峰攀登。

滴水涌泉

◇尹慧

晴好的天，阳光从敞开的窗子洒进来，暖洋洋铺在玉儿的背上。玉儿徜徉于文字里，品着铁观音茶，耳边萦绕着轻音乐，此刻，玉儿的惬意惹人妒忌。

玉儿今天的心情大好，风比平常熏，茶比平素甘，就连院子里不时传来的收废品大姐的敲梆子声，都成了悦耳的音符。

她今天做了一件谋划很久、费尽周折才完成的大事。这件大事，可谓两全其美，一来，埋在她心底30年的阴影倏然散去；二来，一直笼罩着阴云的一个家庭终见朗日。

玉儿拾起躺在书案上的一张纸，朝着阳光举过头顶，洁白的纸张被阳光照彻，泛着暖融融的黄光，映衬出纸上的绿格子，越发的翠亮。

经过阳光的透射，纸上机打的墨色字体更加醒目，“叁仟元整”，玉儿把汇款单从亮堂堂的光里抽回来，放在唇边，做了一个无声的亲吻动作，她抚摸着汇款单上的收款人“凌波”。

20年前，玉儿也和凌波一样，是个家庭生活极其困难的高中生，所不同

《弟子规·泛爱众》（国画） 孙荣荣
江苏省淮安涟水县方渡小学
三等奖

的是，凌波的爸爸丧失了劳动力，家里已无力供他上学。

凌波是玉儿高中同桌玲珑的儿子，毕业20年来，玉儿一直在寻找玲珑，却因为玲珑一直在搬迁，玉儿找了20年，也没有找到玲珑。

幸好，在去年的校庆活动中，玉儿见到了玲珑，玉儿几次想说出藏在心底的秘密，却羞于出口。

这个秘密足足折磨了玉儿20年！

我是贼吗？她经常在夜深人静的时候问自己。我不是！我没偷东西！我只是未经许可，喝了同桌3勺炒面……

那一年，那一天，母亲给玉儿的50元伙食费在书包里不翼而飞。因为发现钱丢的时候，已经是吃晚饭的时间，天色已晚，玉儿不敢独自走回远在15里以外的家，她跑回宿舍哭了起来。

那可是母亲从别人家借来的钱啊！玉儿是个懂事的女孩，每次月末回家取伙食费的时候，她都特别难以启齿，内心充满愧疚。家中生活不是一般的困难，妈妈有病，家里劳动力少，每次回家拿钱，母亲都要东家借西家借。这一次，一顿饭没吃，钱就没了，再回家要钱，怎么跟妈妈开口？

玉儿边想边哭，边哭边后悔：要是自己不把钱放在书包里就好了。

哭够了，她也饿了。没有钱，食堂也没有饭了，怎么办？

肚子咕噜咕噜叫个不停，提醒着玉儿应该吃东西了。

玉儿拿起暖瓶，兑了杯温水喝下肚。不那么饿了。可是，小解一次，肚子又咕噜咕噜叫起来，一声比一声大，一声比一声响。怎么办？没有什么可以充饥。

突然，她的目光停留在门口的墙上。

那里，挂着一个手工缝制的碎花布提兜，玉儿每天下了晚自习都能看见，同桌玲珑取下布兜，掏出里边的一个透明塑料袋，袋里装着浅褐色的炒面，那是玲珑的妈妈给她用大铁锅炒的。玲珑把炒面装进一个玻璃杯里，又拿出一只装有白糖的小塑料袋，舀出一点儿，倒入杯中，冲入白开水，一股沁人心脾的糊香便在整个屋子里招摇，玲珑捧着杯子，用长长的铁勺舀着冲调成糊糊状的炒面，送进嘴里，香甜便从她的脸上“渗”出来。

玉儿心动不已，她想起了著名女作家萧红挨饿的情景：饿到问自己：“草褥子可以吃吗？”萧红看着屋门外邻居订制的面包和奶那种渴望，与她此时并无二致。

饥饿打败了她：管不了那么多了，填饱肚子要紧！

看看还没有到下晚自习的时间，没有同学回来，她赤着脚，三步并两步，冲到花布袋的位置，摘下布袋，拽出炒面袋，舀了 3 勺炒面，把布袋放回原来的位置，把炒面冲开，以最快的速度喝下了炒面，由于开水冲的炒面太烫，玉儿的口腔烫出了水泡。

肚子饱了，玉儿开始忐忑不安 :“不好！玲珑要是看出来有人动了她的东西怎么办？”

玉儿仿佛听到了玲珑的大吵大闹，看见全宿舍的人都朝她吐口水！玉儿把被子蒙住了头，瑟瑟发抖。

还好，下自习后，当炒面的糊香再次飘散在宿舍的每一个角落，室内还是一派和平景象。

万幸，事情没有败露，玉儿却有了负罪感。

第二天，当玲珑把自己的一半伙食费分给玉儿一半的时候，玉儿感动得热泪盈框，几次想向玲珑坦白偷吃炒面的事，却终于怕背上“小偷”的骂名而作罢。

这负罪感，像一块大石头，压在她的心头，她为自己这一污点而深深自责，20 年不曾释怀。

我不是贼吗？没经对方同意，竟吃了对方的东西……这件事，让玉儿纠结了 20 年！

“现在好了！”玉儿长长地舒了口气，她把凌波的汇款单捧在手里，自语道，“玲珑，别怕，有我呢！”

能为此刻身陷困境的玲珑分忧，了了玉儿的心愿，也帮玉儿洗去了一生中自己无法原谅自己的污点。她想，自己偷吃玲珑的炒面，玲珑下自习回到宿舍，不会闻不到炒面的味道，一定会的。

善良的玲珑，你现在在做什么呢？玉儿对着汇款单问。

此刻，玲珑远在八百里之外的Q市，边给瘫痪的丈夫按摩边聊着天。

“他爸，这回咱们不用怕了，学校传来消息说，有个企业家愿意出钱供咱们凌波上高中、上大学，直到大学毕业呢！”

“哦，这世界上还是好人多啊！”凌波爸爸感慨道。

“儿子非常激动，在微信里告诉我说，他一定要找到这个企业家，要当面感谢恩人的资助。毕业后，要好好工作，不负恩人的期望！”

“应该这样，受人滴水之恩，当涌泉相报！这是做人的原则。”凌波爸爸深情地说。

父母恩重经变图

◇邹安音

《母子情深》(工笔画) 古琪琳
华能国际电力股份有限公司济宁电厂
三等奖

1999年10月31日，一个阳光灿烂的日子。

我紧闭双眼，躺在重庆大足儿童保健院冰冷的产床上，恰似勇猛的水手，同惊涛骇浪般的阵痛奋力拼搏着。只觉得那撕心裂肺的痛楚像万千条狰狞的虫子，深入我的骨髓，吞噬我的肌体，撕咬我的神经，分分秒秒过得是如此的漫长。下午5时30分许，历经8个小时的煎熬，剧痛终于如潮水般消退后，我自然分娩出了孩子。一声响亮的婴啼，打破产房的宁静，如雷贯入耳膜。顿时，我仿佛看见一轮初升的朝阳从海面喷薄而出，闪烁出万千道金色的光芒，灼热了我的眼眸，也炙热了我的心房，让我不禁喜极而泣！

此时，恰有缕缕阳光透过窗棂，倾进产房。初为人母的我，忍不住细看小女，粉嫩的脸、小巧的嘴、淡淡的眉；尤其是她那湿漉漉的毛发，像绸线牵扯出我深藏心房的丝丝爱意，消融了这之前所有的不安、艰辛与痛楚。为人母，怀胎十月，有多少的期待和欣喜？有多少的担忧和惊惧？又度过了多少个不眠之夜？当一个健康婴儿呱呱坠地的那一瞬，就是她最美丽和最幸福的时刻。

《风景》（油画）王欢
中建中原建筑设计院有限公司
三等奖

我感叹生命是如此的神奇。初到人世的小女，就转动着一双灵活而美丽的大眼睛，蜷缩在我怀中找吃的。夫嘱我安心养身，然而，我又怎么能够安得下心？女儿的每次啼哭，都让我揪心。之后每天频繁的喂哺，更让我感慨时间的流逝是如此之慢，为人父母又是这么的不易！但是，喂哺过后，女儿每一个甜蜜的笑靥，每一丝满足的神情，手脚的每一次挥动，都让我那么的激动、兴奋，就像三月的春光灿烂了我的整个心境。

那时候我们还住在重庆远郊一个部队家属院，生活条件艰苦。天寒地冻时，清晨，夫便烧好水，用电烤炉把屋子烘得充满生机与热气，然后托着软绵绵的小女在大盆子里洗澡嬉水。小女兴起时拍打的水花会溅湿他的衣服，但夫眉眼里都是欢笑和爱意。洗好后，夫把她托出水盆，然后一丝不苟地给她穿上衣裤和鞋袜。夫的每一丝神情、每一个动作都充满了温情。

产后的我身体极度虚弱，吃饭便成了一件极其痛苦的事。只要热饭菜一下肚，虚汗水立时就湿透了我全身。夫怜惜我的身体，常指着小女言："长大了，可一定要孝敬爸妈呀！"

养儿方知父母恩。我深深感谢我的母亲，她生我，养我，赐予我无穷的智慧。如今我做了母亲，她却还在为我和我的女儿操心。记得那次带孩子回老家，到家已是傍晚，因为很劳累，我先上床睡觉了。母亲居然摸黑从田里剥回成熟的青豆，放在瓷碗里细细地捣碎，慢慢地研磨，在半夜给我和女儿做出一碗清香甜美的豆腐脑来。母爱，总是在不经意间就像春雨般，慢慢渗透进心里，融化进血液，成为永恒的记忆。

有一个故事，它长久地触动着我心灵。故事的主人公是一位娇弱的产妇，分娩时难产，医生决定为其剖腹，然而麻药竟然对她无效。不得已，她喊医生将自己手脚捆绑于手术台，剖腹取孩。其间产妇痛得几次昏死，但她每次醒过来后都强烈请求医生开刀剖腹。护士们不得已用冷水把她浇醒，见惯了生离死别的医生含着泪水，最后取出一名男婴。

那位坚强而勇敢的母亲，是丈夫同事某连指导员的家属。我在离开部队家属院时，那名小男孩已经一岁多了，正茁壮健康地成长着。我就想：男孩长大后，他会记得母亲这比天地还厚重的爱吗?

我猛然想起之前在报纸上看的一则新闻报道:县长逼死亲母。讲一农妇，含辛茹苦供两个儿子上学。后来,两个儿子皆考上大学,飞出了偏僻的穷山沟。大哥当了教师，弟弟做了县长。可就是这兄弟俩，娶了媳妇忘了娘，竟让母亲无奈流落异乡，客死在外。当为人子女，心中不记母恩时，这样的人即使身居要职，又能为这世间留下几分温情呢?

我感慨于驰名中外的大足宝顶山石刻《父母恩重经变图》，风风雨雨中，矗立于绝壁之上，任时光的长河自足下流淌，却永远地向世人昭示着人类文明的光华：伟大人类不尽的繁衍和生息，靠的是以血脉为纽带而代代相承的啊！母爱，那该是世间一部最伟大的作品，用心、用血、用情、用爱编写而成。

【恒爱一线牵】

霁月光风星不落
相敬如宾
天地合
誓将白首契初心
共奏箴言之歌

不谢是心花

◇谢娜利

8 月初去葫芦岛避暑，朋友将我们安排进渔家。到的时候已是晚上 9 点，一个叫陈姐的开车把我们拉进村。一路上，我浮躁的身心被带海鲜味的风摸得柔柔的。到达渔村已是晚上 11 点，陈姐 90 岁的婆婆和两个孙女，在院门的红灯笼下睁着睡意朦胧的眼睛迎接我们。

走进院子，鲜味变成腥味，地上一堆堆渔网吞吐着大海的呼吸。陈姐热情得有点儿夸张，刷锅点灶剥蟹挑虾拣蛤蜊，手忙，嘴也没停，她脸上的皱褶在火光中很立体地呈现出年代感。不一会儿，一桌丰盛的海鲜摆在我们眼前。酒足饭饱进房，陈姐从另一间房里抱来一床又一床小薄被，拿来一个又一个荞麦枕："我洗了的，全洗了。为迎接你们的到来，我整整搞了三天卫生，还特地装了台空调。"陈姐脸上的笑靥如同飘着洗衣液味道的被褥上的花朵。空调真是没必要，爽歪歪的海风带着丝丝凉意轻吹，很舒适，根本用不上空调。我们 9 个姐妹一字排开，齐刷刷睡在硬邦邦的大炕上。舟车劳顿枕着浪涛的摇滚，立马叠成了梦境……

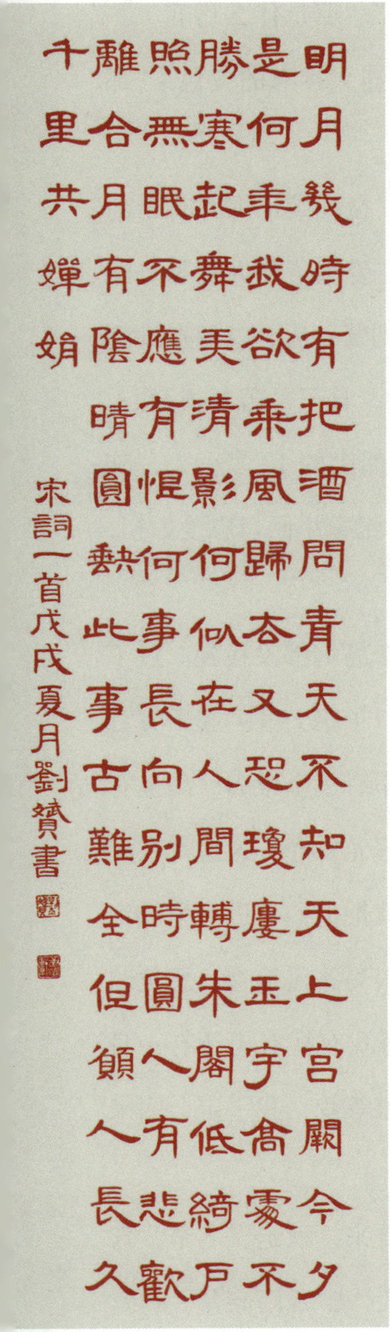

《明月几时有》（隶书） 刘赟 广东电网有限责任公司揭阳供电局 三等奖

半夜，我因吃海鲜闹肚子，出房找厕所，忽听得几声清亮的鸟鸣。它空灵的拖音划过夜色花一般散落在院里，悠悠荡荡……回到炕上，陈姐才轻轻进房。鸟声随着她疲劳的鼾声消失。

第二天，去东戴河游泳，看到矗立在海中的“望夫石”，陈姐的眼神像梦游一样抽离，红油油的脸变得僵硬，如同雕像。“那是礁石雕的吗？”我问。“不，那是渔家女人骨头雕的。”我没听明白陈姐的话，却感觉这些字眼从她胸腔蹦出来，跳过她的嘴角，变成一朵一朵浪花……

深夜，又有鸟声穿进屋来。我用迷离的双眼打量着窗外摇曳的黑影……鸟声悠扬而清脆地在光与暗之间穿梭。想起昨晚的鸟鸣，我披衣出房，循声而去：院门外右侧的大树底下，陈姐的身子在浅浅的月光下隐匿而坐。她下巴上翘，身子前倾，十指架在嘴边，一声声鸟音随着指尖蠕动而喷出。

“姐姐这是练口技啊？”我带着疑惑。她凛然一惊，转脸望我：“醒了？”我笑着说：“您这鸟叫得好听，像在叫谁的名哩。”“是叫‘纪哥哥’。这是纪哥岛一种特有的鸟叫。是我老公教的。”“那是什么鸟啊，一定很漂亮吧？”我耐不住好奇。她转过头，抬眼望着连天接海的夜色：“那是一个很美的传说。”“真的吗？给我讲讲。”

陈姐沉默了好一阵，然后用悦耳的声音讲起来：“在我娘家那儿有个岛叫‘瓢瓜岛’。很多年前，京官纪大人的儿子纪品君，爱上了仆人莺莺。纪家竭力反对，把莺莺赶出了纪家。纪品君千方百计找到莺莺后，就双双逃到了‘瓢瓜岛’。当时岛上没人烟，他俩便自己开荒种粮，日子虽苦却很开心。过了两年，一艘陈姓富商的船撞翻在岛边，他俩救了船上的10多个人，陈家也在小岛上安置下来。日复一日，小岛逐渐热闹繁盛。纪家小俩口恩爱如初，但有个遗憾，他们没孩子。

“有一天，岛上突然少了个小孩，人们找遍了整个岛屿都没找到。过了不到一个月，又少了一个。人们开始恐慌。纪品君两口子跟大家一起千方百计寻找孩子，后来在另一岛上得到一个消息：在海对岸有个金银岛，岛上有个大洞，洞里藏着龙王所有金银珠宝。龙王派了一条恶龙看守，这恶龙在洞里无聊至极，常常出洞抓海岛的孩子陪它玩，玩腻了就把他们丢进海里。纪品君发誓要把恶龙除掉，找回两个孩子。莺莺担心金银岛路遥地险，恶龙凶残难对付，劝他别去。纪品君对她说：‘放心吧，你哥我有智有勇还有一身武艺，没问题的。我有责任保护岛上的人。你安心在家等我，我一定会回来陪你。永生永世。’

“一天过去，十天过去，一个月过去……春去，夏来，秋走，冬至，莺莺每天都去海边祈祷。第二年春天的一个晚上，狂风大作，暴雨倾盆，莺莺被一阵炸雷惊醒。她看见丈夫一手抱着一个孩子，浑身是血地立在电闪雷鸣中。她立马奔出门外，只见院中站着两个小孩，一个捧棵小树，一个拿串钥匙。两孩子说：树是纪哥哥，钥匙是金银岛的洞门钥匙。莺莺含泪将树种在院里，一只鸟飞来筑了个小窝，它每天莺莺地叫。人们从此叫‘瓢瓜岛’为‘纪哥岛’，并将两个孩子留在了纪家，改陈姓为纪姓。树一天天长大，鸟窝里仍是那只鸟。金银岛被打开，纪哥岛上的人们从此过上了非常富有的生活。纪家的两孩子长大成家，开枝散叶。莺莺老了，她临终前对孩子们说：‘把我埋在树底下吧，纪哥哥把整个灵魂都给了我，让我的灵魂也去陪他。’从此树上多了一只鸟，它每天‘纪哥哥，纪哥哥’地叫。”陈姐的神色像在跟莺莺鲜活的灵魂交流。

“现在那树还在，人们每到晚上就能听到两只鸟的叫声：‘莺莺，莺莺’‘纪哥哥，纪哥哥’但怎么都找不到鸟了。”陈姐的话音戛然而止，她一直眺望着模糊的海岸线。好久好久，才低吟道：“我跟我老公是在那棵树下定的情，那时他常常教我学鸟叫。”我羡慕得直咽口水：“你们两口子一定感情很好。”“是啊，我们的爱比莺莺和纪哥哥他们还深。”

拂晓的霞光在陈姐粗糙的脸上映出了青春的旖旎，她沙哑的嗓音把“哥呀”“妹呀”的字眼吟出了少女的羞涩和纯美。我仿佛看见她的心像初绽情窦的精灵，舞逸在屋顶村外岛上海空……

我们走的时候，陈姐牵着两个孙女送了我们很远。“来几天怎么都没见到陈姐的丈夫？”我问朋友。“她丈夫 20 年前出海一直没回……”我推开车窗，陈姐她们的身影在刚升的太阳中融成了一朵花……

今生，我做你的拐杖

◇郑能新

秋风至，树叶黄。黄过的叶子掉尽后又开始泛绿了，季节换了一遍又一遍，南飞的大雁都回来了，可走出山里的人怎么就不见踪影了呢？

叶子站在村头的路口，顺着山豁子望向那条空空的、弯弯曲曲、连绵不尽的小路，几滴清泪滴落下来，溅在那件粉红色的小袄上。

那年，大雁南飞的时候，狗儿背着行囊随大雁南去了，到了深圳就像生了根一般。叶子扳着指头算了算，狗儿这一走就是 3 年。开始，狗儿的书信来得频繁，差不多每星期都有，狗儿信中那

《紫凝眉恋》（工笔画）周静
中国铁路武汉局集团公司麻城车务段
二等奖

些滚烫的话，常常把叶子的小脸烧得通红。后来狗儿的信慢慢地就少了，叶子那颗牵挂的心也就慢慢有些失落了。

叶子听人说，狗儿在南方那座城市混得很不错，成了很有名气的打工作家，还说他住在洋房里，专门为那些报刊写稿，稿费多得不得了。还有人说他已经配了女秘书，专门为他打稿子。说这些话的人，望着叶子意味深长地笑，笑得叶子心里扑腾扑腾的。

心里急了，叶子也会去信追问。但狗儿一再向她保证说，我是什么人你还不清楚？你如果不相信，就实地来看看。我现在还在三更灯火五更鸡地奋斗，就是想有一天我们能够过上真正的城里人的日子。现在，哪有别人说的那么潇洒啊！

狗儿的为人叶子是相信的，叶子也知道狗儿在外拼搏的不易。但狗儿最后那句话叶子又有些不爽。看来，狗儿还是蛮羡慕那种有女秘书伺候的生活，叶子于是就后悔当初不该放狗儿出去。

村子里上了年纪的人就劝叶子也到狗儿那里去，狗儿也几次来信要她前往，但叶子不喜欢外面的世界，叶子上了一回县城就令她狼狈了好几天，叶子再也不想到外面丢人现眼。

那次，狗儿给她汇来一笔钱，要她到县城去买几套好衣服。她走在大街上，发觉人们的眼光都盯着她那高高的胸脯和那嫩藕般的脸蛋，直看得她有些无地自容。还有几个毛头小子一路尾随着她走遍了所有的商店，她不知道他们是图她的钱财还是图她的相貌，反正弄得她胆战心惊，害得她衣服也没买成，狼狈地回到了家里。

《芳思》（国画） 崔岩
滨州医学院
优秀奖

“哦！哦！”高高的蓝天上，大雁排成“人”字由南向北飞来，回家的感觉真好哇！它们兴奋地鸣叫着，那一阵阵久违了的声音直往叶子的心里钻去。大雁飞去又飞回了，人呢，咋就放出就成了断线的风筝！

叶子是地坪河方圆几十里有名的美人坯子，只是她的家境不好，父母又过早离开了人世，因此，她读到初中就辍学了，回家侍弄起了田地。穷人家的孩子早当家。尽管小小年纪就受尽了生活的磨难，但岁月却没有改变她美丽的容颜。相反，把她磨砺得如同出水的芙蓉更加妩媚动人了。

狗儿是家中金贵的独苗，为了好养，父母给他取了这么个“贱名”。那年，狗儿揣着高中毕业证回乡，他本来可以读到大学，但他在上高中时就爱上了写作，一直梦想当作家，耽误了学业。回乡后还勤奋笔耕，写作渐渐有了名气，竟被南方的一家杂志社看中了。狗儿在家时，写了东西就爱给叶子看，叶子也爱听狗儿讲那些由他虚构的故事，她常常被那些故事感动得泪水涟涟。狗儿就爱看叶子那副模样。他说，他的故事是写给善良人看的，能被故事打动的人，心地一定也是善良的。两人接触多了，自然就产生了感情，于是他们自己也就成了故事中的主人公。在村人们的眼里，他们也是郎才女貌的一对，尽管当时追求叶子的人很多很多，但叶子却从来不正眼看他们一眼，她的心里只有狗儿。

狗儿拿着杂志社给他的来信去找叶子的时候，叶子正在田里割麦子。狗儿说："叶子，你说去不去？"

叶子开始不知道是怎么一回事，待她看了信才知道是杂志社要聘请狗儿。叶子说："这么好的事怎么不去？""去！"叶子又补充了一句。

叶子说完这句话，心里就像有一只猫爪子在抓。过不多久叶子就有些后悔了，叶子后悔的是她此时已经离不开狗儿了。叶子虽然不想把狗儿成天拴在身边，但一下子把他放这么远，实在放心不下。叶子本想收回这句话，但说出去的话如泼出去的水。乡人们看重这个，她自己也是一个说一不二的人，怎么能翻手云覆手雨呢！

狗儿说："你舍得，我还舍不得哩！"狗儿说着说着那手就像蛇样向她身上游来。叶子说："你以为我舍得？但你一个大男人总不能老是围着家乡这块小天地转吧，再说你的心思我还不清楚，志向大着哩！"叶子说这话时巧妙地把狗儿的手拿到了自己的手上。

狗儿一时无语。过了一会儿，狗儿拿起了叶子的镰刀，走向了垄头。狗儿发狠地割起了麦子。唰，唰，唰，麦子成片地倒在狗儿高高撅起的屁股后头。狗儿的衬衣湿了一大片，红扑扑的脸上挂满了汗珠，但他仍然飞快地割着麦子，那不停挥动的手臂透露出一个成熟男人所拥有的雄健。

叶子拿出手帕，替狗儿擦去了脸上的汗珠，有些心疼地说："你歇着吧，让我来。"

狗儿推开叶子的手，意味深长地说："叶子，你看麦子熟透了哩！"

叶子莞尔一笑："是熟透了，但它目前还吃不得！"

狗儿说："什么时候能吃呢？"

叶子说："要等它磨成了粉，做成了粑，才能吃！"

狗儿哦了一声，便不再作声了。

狗儿割了很久，又抬起头来，说："叶子。"

叶子说："嘛事？"

狗儿咽了一口口水说："没嘛事！"

叶子知道狗儿一定有事，但狗儿没说，她也不好再问了。

往后又过了好些日子，狗儿才恋恋不舍地走了。狗儿走的时候正是大雁南飞的时候，叶子把他送到村头，说："你要像大雁那样知道什么时候回家。"狗儿说："大雁回我也回！"

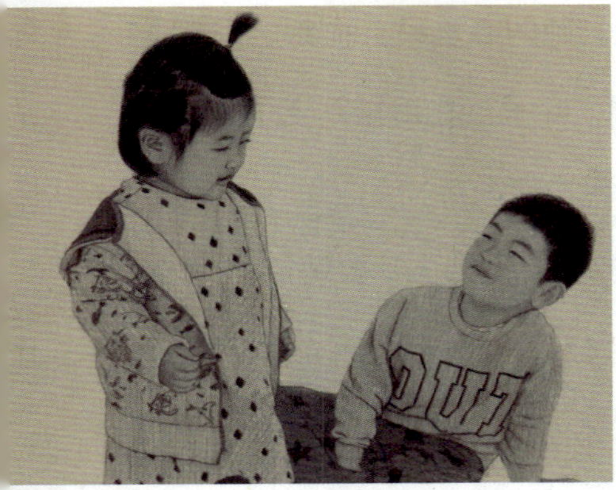

《目成心许》（素描） 张睿隽
中冶宝钢技术服务有限公司
优秀奖

于是叶子就在年年大雁回家的时候守候在村口。可是她这一守就守了3年。今年，大雁又飞回了，可她的心上人竟还不见影子！

叶子孑孑地站在村口，有些孤立无助。清风犹有一些寒意扑在脸上，泪水所及之处冰凉冰凉的，透彻心骨。叶子忽然觉得这个生活了一二十年的小山村变得有些陌生了。这个能拴住她的地方，怎么竟拴不住她的心上人呢！

就在这一刻，叶子忽然有了一个念头：既然深圳那么诱人，能够把自己的心上人牢牢拴住，那么，自己也要走出小山村，到南方去闯世界！只是，她给自己立下誓言：一定要像大雁那样，冬去春又回！

叶子像一只孤雁飞到深圳，好不容易才找到狗儿住处的楼下。远远地，一个熟悉的身影扑入眼帘；高高地，依然那么雄健。只是，那人多了一根拐棍，原先两条发达的双腿有一根空落了。

叶子眼泪立刻涌了出来，奔上前去一把抱住狗儿："到底怎么回事？你怎么不告诉我啊！"

狗儿说："来到深圳，我为了能在这里站住脚跟，没日没夜地搞创作。有一次，在街上边走边构思作品，走了神，出车祸了。"

叶子说："那也该告诉我啊！"

狗儿有些伤感地说："我现在成了一只断翅的大雁，再也配不上你了！"

叶子抽出一只手来，一把捂住狗儿的嘴："快莫瞎说，今生，我就做你的拐杖！"

你我之间，不许有天涯

◇喻贵南

“你我之间，不许有天涯。”这句话，6岁的菊香和10岁的文宗听不懂，不知道“天涯”是谁，是干吗的。这话是两人听墙根听来的，是新婚不久的小学张老师捧着他妻子的脸说的一句话。菊香和文宗想着两人的眼神有点儿肉麻，估计不是什么“好话”。

菊香和文宗是发小，经常在一起捉迷藏，一起上学。文宗是菊香的竹马，菊香是文宗的青梅。直到初中，两人才知道，其实他们之间一直也没天涯。没天涯的两人，在高考中，再次“没天涯”，双双落榜。之后，两人也跟张老师夫妇一样，用结婚证上的大红印章绑定了彼此之间法律上的“没天涯”。

这大红印章一绑就绑了40多年，两人不只法律上“没天涯”，就连生活上也一直没天涯。可是两人之间到文宗64岁的时候，突然出现了天涯，而且是再也见不着的天涯。文宗走了，突发脑出血。临走时，文宗握紧菊香的手，留下最后一句话：“老婆子，我要……去天涯了。”

文宗走了，走得很突然。后山的一堆真就黄土将文宗与菊香隔成了天涯，菊香哭得地塌山崩。家里养了5年的大黄狗，也围着文宗的坟头一圈又一圈地转着，一声接一声地哀号着。

菊香两口子唯一的女儿知慧不愿让母亲一人再守着乡下的老房子，便在父亲走后，硬拉着母亲进城跟自己住在一块儿。那条大黄狗不方便进城，便由叔父代为照管。

可是菊香就如文宗在世时一样，两口子都不习惯城里的生活，城里再好，在他们眼里都是鸽子笼；乡下虽没孝顺的女儿时刻待在身边，可有熟悉的山水和乡邻、乡音。没文宗在身旁，女儿女婿上班去了，菊香更是慌得不行，每天总要打几个电话回去问东问西。

在女儿家住到第五天的时候，给邻居打电话时，邻居说漏了嘴，说那条大黄狗每天都跑到后山去，守着文宗的坟头转圈圈，除非饿急了，才回来吃东西。菊香听了，心伤不已。“你

《心思相与丹青卷》（工笔人物）宋海英
湖北省宜昌市秭归县总工会
一等奖

《国色天香》（工笔画） 朱宝倩
中国铁路武汉局集团公司襄阳供电段
二等奖

我之间，不许有天涯。”她想起文宗对她说的话。文宗不愿和她有天涯。她想，那条狗同样不希望跟他们夫妇中任何一个有天涯啊！

当天，菊香趁女儿家没人，立马独自坐车回了乡下，回了她和文宗长期居住的老屋。大黄狗果然不在家，菊香来到文宗的坟前，果然看到大黄狗一动不动地守在文宗的坟头，神情颓丧。大黄狗见了菊香，眼里才有了见着至亲般的亮色，缓缓立起身子，却有些摇晃，半天挪不开步。菊香看了后，有一种说不出的酸楚。想着文宗在坟里头，而她和这条狗却在坟外头，于是抱着大黄狗大哭了一场。

没了文宗的生活，菊香一时还适应不来，脑子里想到什么问题时，一如从前，马上不自觉地叫：“文宗……”她以为文宗会像往常一样，在隔壁房间练字，叫一声立马就答应了。可是，此时只有大黄狗抬起头看着她，用低沉的声音呜呜叫着，似乎在责备她：人都不在了，您又犯糊涂了！

一阵荒凉感袭上心头，菊香鼻子一酸，弯下腰来，抚摸着大黄狗。之后，菊香抬起泪眼打量着这没了文宗的家——一样的居室，竟觉得突然间大了许多，大得让人心慌。还好，墙壁上到处贴着文宗写的毛笔字，那一个个方块字，给了她难得的一丝温暖，让她想起文宗写这些字时的每一次笑脸。“老婆子，快来看……我这副对联上的字写得多漂亮！像18岁时的你，对不对？”每当写个满意的字，文宗都会乐得像个孩子，跟她一起分享。哪个字，他最喜欢；哪个字，他略感遗憾，她都一清二楚。

而今抚摸着墙上的字，她好像触碰到了他跳动的脉搏，觉得上面不只有他的气息，还有他的体温。文宗生前是钢铁厂的会计，下班回来得空就练字，退休后更是天天练字。她想，他那么喜欢写字，他的灵魂一定住在这些方块字里！

“你我之间，不许有天涯。”想起这句话，突然之间，她有一种想临摹他的字的冲动。立刻！马上！

她急忙去隔壁拿来笔墨纸砚，戴上老花镜，照着墙上的字，一笔一画地写起来。可因自己平时很少写字，写出来的字怎么看都不好看。她想起文宗在世时的嘲弄：“这也叫字呀？纯粹鬼画符。”

可她不在乎，对着墙上的字帖，她把每一个字一遍又一遍地练，1张、2张、5张、10张……她发现自己写的字有了一点点他的神韵时，就乐得开心地笑。她会将那个字提起来，自言自语道：“我就不信写不出你的字来。看，不是有点儿像了吗？大黄狗，你给看看，是不是有点儿像呀？”大黄狗摇摇尾巴，汪汪两声，好像在夸她。

从此，想念文宗时，菊香除了上山去看他，便是对着他的字帖临摹。

菊香的女儿不放心母亲一人在家，又特意请了假回来，想带她进城去，却发现她正在写字，专心致志地写字。女儿大加赞扬，说她心灵有寄托，是大好事。见她执意不进城，只好提醒她，练字一次别练太久，要按时吃饭，按时休息。女儿还拜托邻居们照看母亲的一日三餐。

因为想念文宗时就动笔练字，而且练得心无旁骛，菊香的书法日见长进。她把自己写得满意的帖子也贴到了墙上，左看右看地欣赏，跟文宗的字一个一个字地对照，取长补短。

周围邻里见她的字写得还不错，过年时便请她写几副对联增添喜气。文宗在世时，十里八村的对联都是他写的。

几年之后，菊香跟文宗的字对比，真是几可乱真了。女儿看了母亲的字，有时也分不清是谁写的。旁人夸菊香的字好，而且越看越像文宗的字。菊香听后，脸上露出甜蜜的笑。而每每写了满意的字，她也会拿去给文宗看，放到他的坟头，一遍又一遍地问："怎么样？这字写得漂亮吧。像 18 岁时的你，对不对？"就跟当日的他一样，话里带着满足和自豪。

坟里的文宗不回答，但菊香会继续说下去："说好了，你我之间不许有天涯。我能感觉到，写字的时候，你我的灵魂在共舞。你呢？感觉到了吗？你我之间，应该跟之前没两样。就算黄土阻隔，也没有所谓的天涯，对不对？"她的脸上是恬静的笑。坟里没回复，但大黄狗跳起来，汪汪汪地冲她叫，眼里含着笑意；而坟地周围的树木，也都会冲她连连点头或弯腰鞠躬……

因为爱着他的爱，因为有着心灵咫尺的共舞，也因为心有所托，菊香的日子不再空虚。菊香后来也安心跟女儿住在一起了。因为在哪里都可舞动笔墨，都有欣赏者。只是进城时，菊香除了带上了大黄狗，还从乡下带去了一口大皮箱，皮箱里满满的都是文宗生前写的字。这大皮箱，谁都不可以碰，除了菊香自己。

守护心中不落的星

◇姜皓雪

高中毕业后，我学了医，你去了军校，也开始了我们的恋爱。为了长相聚，我们赴一地读书。即便如此，异校恋却被我们硬生生地过成了异地恋。作为军人，你身不由己，我们一年见面的次数寥寥无几。我忍受着孤独的侵袭，羡慕校园里成双入对的情侣，唯以学业的繁忙忘记思念。直到21岁生日的前一天，我与你大闹了一番。

我的生日是在周六，你答应我请假出来陪我。可是就在生日的前夜你变了卦。你说战友的父母突然来探亲，你得将外出的指标让给他。电话里，我撕心裂肺地泣涕如雨，责怨着你根本不在乎我。而你却

《相思寄与雁南飞》（工笔画） 芦东梅
山东省公安厅
优秀奖

默不作声，不曾为自己辩解。

整夜我辗转难眠，心底抑制不住想见你的冲动。次日，趁着你休息的空档，我精心装扮好自己，然后去了那座紧邻军校的天桥。那座被称为“情人桥”的地方是军校与外界联系的唯一“窗口”，情侣间可以相望的“鹊桥”。我在围墙外的天桥上，你在围墙内的天桥下，相顾无言，直至傍晚长庚星闪耀天际。

10 多分钟的相望，你满是柔情的眼里噙着泪水。你仰着头望着西边最亮的那颗星说，我会一直陪伴你。那天傍晚的长庚星像是一滴晶莹的眼泪，从此落进了我的心田。我转身背对着你，挥着手催着你赶紧返队，泪水倾泻而下。

我后悔那晚的口是心非，要是那会儿我再多待片刻，或许你就舍不得离我而去了。

夜是静谧的夜。回到学校宿舍，我在你关切的晚安声里进入了梦乡。那夜，我梦见了你身着军装，肩章上两颗金色的星星闪闪发光。你像是一棵参天大树立在苍茫的原野上，我欢快得如一只小鸟朝着你飞去。你伸出手迎接着我的手，当我正要触摸到你的指尖时，一阵剧烈的晃动使我从睡梦中醒来。

1 秒、2 秒、3 秒……我记不清当时究竟晃了多长时间，只见墙壁上的挂画被摇落在地，水桶里的水泛起了波浪。我慌忙从被子里一跃而起，惊恐之中顺手抓起手机，冲出房门，见整栋楼的居民都往楼下跑。我同他们一样，惊惶失措，衣衫不整。楼下的空地和街道上都站满了人，大家哇啦哇啦地说着何处发生了大地震，嘈杂声中还夹杂着婴儿的啼哭声与刺耳的犬吠。头顶上深蓝色的天空被城市的灯光映成了血红，人们慌乱地拨打手机，想要问询亲人的情况，然而电话却难以拨通。

我走出乱糟糟的人群，下意识地往你的学校跑去。街上全是人，女人披散着头发，男人光着上半身，有些人甚至一丝不挂。我穿着睡裙，跑在混乱的街上。那一刻，我根本无暇顾及其他，忐忑的心只想见你一面。因为下一刻你必将出发了。

《爱的期盼》（彩铅画） 王莉莉
山东莱钢建设有限公司威海分公司
三等奖

你没来得及与我告别，就同战友一起跳上了救援的卡车。我远远地看着你们出征的队伍，泪水止不住地流，恨不得跳上那辆绿皮卡车，与你一同去参加救援。你走后，我孤零零地站在你学校门口，久久不愿离去。

那些天，我与万千的大众一样，守候着前方回复的消息，不曾合眼，也不愿合眼。地震后，大雨滂沱，老天为逝去的人哭泣。山石已被地震摇得松散，大雨的冲击最易造成泥石流。我脑子里不止一次出现你被泥石流湮没的场景。我怨自己不往好处想，可思维不受意愿的控制。因害怕而六神无主，因担忧而牵肠挂肚。我的神经紧绷到了极点，哪怕是小盹会儿，也会突然惊醒。那时的我既想听到关于你的消息，又不愿听到你的消息。毕竟浩浩荡荡的救援队伍里，你只不过是个普通战士，行军若是安全便无人会关注到你。我以为无须几日，你便会凯旋。然而，地震后第一次见你却是在救援前方拍摄的视频里。

你样子依旧是那般俊朗，不过却消瘦黢黑了。你神色坚毅，怜悯的眼神里没有畏惧。山高谷深，你攀沿着被震得只剩一根铁链的渡桥，手臂上青筋凸起，像是超人一般，飞檐走壁。我触摸着你的发丝，你的面颊，冰冷的屏幕使我的眼泪止不住地流。

你是我的英雄，顶天立地的英雄。我看到你，步履铿锵有力，奋不顾身地冲进摇摇欲坠的房子里，背出一位被砸伤的老人。你是那样的勇敢帅气，坚实的脊背似乎能扛起整个世界。老人在你的背上格外安详，他定是知道自己已经安全了。那时，我多想和老人一样，靠在你那宽厚的脊背上啊！

我还看到了你包扎着纱布的手在不停地刨开泥土，抢救掩埋在土中的少年。那纱布上能隐约看到猩红的血色，你一定很疼吧？那双曾抱过我的宽厚双手，如今却磕磕碰碰得满是伤痕。

我把自己关在屋子里，两天两夜，反复地看这段视频，泪水无法控制，任其流淌。脑海里全是不知疲惫救人的你，在即将被泥石流淹没的那一刻，你也没有放下背上的伤员。

没有谁知道那两天我去哪了。黑漆漆的房间里，我一个人坐在地上，眼睛肿胀，嘴唇干裂，意识模糊。我晕倒在了屋子里，昏迷中我恍惚看见你微笑着向我走来，眼神还是那么温柔。我走上前想要拉住你的手，你却摇了摇头，化作了璀璨的星升上了天空。

你走的那年，我参军入了伍。我要与你一起上前线，你负责占领高地，我负责为伤员疗伤。我苦练医术，只为能多挽救一个生命。我苦练身体，只为能适应恶劣的战场。黝黑的肌肤，壮实的身体，敏锐的眼神，过去的我早已渐行渐远。如今，你若在街头偶遇我，大概会认不出眼前的我了吧。

前年我也去地震灾区参加救援，不分昼夜地诊治伤员，两天两夜没合眼，却不知疲倦。我看着得救的战友和百姓脸上绽开的笑容，恍惚间仿佛看见你微笑着看着我。我知道，你一定会为我感到骄傲的。因为在我身上能看到你舍身救人的精神。

你还记得那晚的长庚星吗？你曾说："我将如星星一般长久地陪伴着你，或许雨天不能见，但我始终都在那里。我会看着你，直到你老去。"我仰着头，望着璀璨的星，我坚信有你的陪伴，我不会再是那个爱哭的姑娘，生死都会勇敢。我要同你一样，守护着祖国与家园，守护着心中那颗不落的星！

用一生去等

◇欧阳秀子

《相亲相爱 家事昌和》（国画） 韩雪飞
江苏省无锡市财政局
优秀奖

“生命中真正重要的不是你遭遇了什么，而是你记住了哪些事，又是如何铭记的。”湖北之声广播里传出了湖北最美朗读者、《朗读吧》阅读推广大使严俊的声音。

在广播的另一头，有一位忠实的听众，坐在车里，一如既往地默默聆听着这个永远听不厌的声音。每一次读书推广志愿者活动，他都会不辞劳苦地接她送她，录音，拍照，做好一切后勤工作。一转眼，结婚16年了。

初中时，一个女孩晨读的声音，一入耳中，顿生亲切，循声望去，记住了她阳光下微笑的模样。

高中时，班里最调皮捣蛋的他，不知道用了怎样的洪荒之力，考进了重点班，与她同班。

一进教室就看到她在写座次表，口迟迟张不开，直到看到她错将自己的名字“李欣”写成“李饮”，他忙搭腔：“没关系，李饮也不错，口渴了正好饮水。谁让他的新同桌叫水强呢？哈哈！”她唰地红了脸，羞涩地低下了头，但也记住了这个个子高高风趣幽默的男孩。

圣诞节，他在她的抽屉里悄悄放了一张写着“身无彩凤双飞翼，心有灵犀一点通”的圣诞卡。她一眼就认出是他的字，故作镇定。她就坐在男孩的前排，沉默不语，又不时用余光瞟一眼后面。

直到男孩16岁生日的那一天，女孩早早地来到教室里，像做贼一样，悄悄地把包装好的书塞进他的抽屉，然后迅速逃离现场。

上课时，女孩不停地回头，想看看他发现这份特殊的礼物的反应。结果他以为女孩压根就不喜欢自己，认为《百年孤独》那本书的名字就是她的心声。所以，他放弃了！

平时，无论什么事情，每次他们的想法都惊人的相似。可这次，他竟然误会了自己的意思，她很委屈。但没有解释，这样也好，可以把更多的精力放在学习上。如果有缘，以后再续。直到大学毕业，他们没有单独联系过，只是在同学聚会的时候会凝视、微笑、祝福。

李欣去了深圳，那里有父亲为他准备好的一切。但在最后准备迁户口的时候，他犹豫了。他把自己对严俊疯狂的相思变成了文字倾诉在情书里，一封又一封追过去，苦苦地等待回信。

天不老，情难绝。心似双丝网，中有千千结。

其实，严俊何尝不想接受这份爱情呢？可是自己是家中独女，有“铁饭碗”，选择爱情就意味着放弃其他一切。回信撕了一页又一页，写好了又迟迟不敢发。

等回信的日子里他总徘徊在书店的角落，只要发现《百年孤独》的新版本，就会买下，一个字一个字去读，不知看了多少遍，很多文字早已滚瓜烂熟。

他不断地把新的读书体会写入信中，可一封回信也没收到。

直到有一次湖北老乡聚餐，集体活动，她也参加了。砰的一声巨响，厨房爆炸了，大家如鸟兽散。而严俊，一动不动，似乎一切与她无关。李欣拼命地拉起严俊往外面跑，可她被吓呆了，愣愣地站在那里，李欣竟然拉不动。无奈之下，李欣只好用自己宽大的臂膀紧紧地抱着她，为她遮挡风险，那一刻，女孩一点也不害怕。

一场虚惊，人无大碍。从此，虽相隔千里，严俊成为李欣最甜蜜的负担。承载着相思的信来来回回。他们燃烧着，想彼此温暖，又怕猛烈而易逝。字里行间倾诉着从心底共同渴望的一种持久的脉脉温情。

李欣终于决定带着《百年孤独》出发，离开条件优越的深圳，回来。

已经少了年少轻狂的他，从不说在武汉从头开始的艰辛，在自己工作和生活的日记扉页上都写上同一句话：“明天我又要远行，你是我最重的行囊。”

每一次李欣出发，严俊都是认真为他准备行囊；每一次李欣回来，严俊都照着菜谱精心地备好酒菜。

江大三角湖水清清亮亮。初夏的微风，徐徐抚过，荷花初开。唯有绿荷红菡萏，卷舒开合任天真，此花此叶常相映了。这一刻，他只想静静坐在湖边，静静等严俊，静静守候一份属于自己的天荒地老。为了满足领证那天严俊的一个愿望，从外地出差连夜赶回来的他，已经完全忘记了奔波的疲惫，只为等她下班给严俊过生日。

《江南初春》（水彩画） 尹艳辉
云南电网公司瑞丽供电局
优秀奖

妻子还是拒绝了去高档餐厅的建议，他们还是去普通餐厅点了家常菜庆祝。

依旧是鸿雁传书，依旧是分隔两地共对明月，依旧是微雨燕双飞，依旧是落花人独立。不同的是，她的思念随着李欣出差的步伐，跟到大江南北，飘过长城内外。

聚少离多的日子，李欣还是把自己炽热的情感书写进一封封家书里。

“我在重庆朝天门将对你的思念倾诉，希望汇入到长江里的嘉陵江水能将我的爱带给你……”

“我将我对你的思念留在南昌滕王阁上，一条浅浅的赣江在我的脚下浅唱低吟，归家的路依然遥远……”

“我在秦陵前许下诺言，如果冥冥中真有注定的缘分，我们穿过了千百年的时光在今生相遇，我实在想不到任何理由不好好珍惜你……”

严俊每次收到这些盖着全国各地邮戳的信封和明信片都小心翼翼地保存着，写信告诉李欣：“等我们有了孩子，我们也要带她去辽阔的天地中飞翔。”

严俊怀孕了，孕吐十分严重。李欣看在眼里，疼在心里，他要陪在她的身边，毅然辞去了需要出差的工作。

没有彷徨、犹豫、怀疑，李欣一次又一次不停地去找新工作，因为，他要当爸爸了。一个鲜活而快乐的生命，即将诞生，将延续他的生命，延续他生命中的喜怒哀乐。她将牙牙学语叫他“爸爸”，对他如同自己对父亲一样有着曾经的依赖。

无论妻子想做什么他都支持。妻子要好好休息，他就承担全部家务；妻子要读研究生班，他就是“陪读先生”；妻子不舒服，他就是医生，搂着她，轻拍她的背，讲笑话逗她；妻子闭目养神，他就是胎教师，抚摸着妻的肚皮诵读经典。

“我出来了，第一眼，你看到了我，我看到了你，我们把手紧紧地握在一起，一瞬间的目光交流胜过了千言万语。”后来严俊在《爱欣小札》中写下她从产房出来见到丈夫的情景。

3 个人终于组成了一个传统意义上完整的家。以后的日子，他们毅然坚持写情书，互相支持着。她晚睡辅导孩子，他就早起做爱心早餐；他爱登山，她就一起，一路上，他总是牵着她的手，走过千山万水，跨过种种难关。

“去年6月，我们俩一起来到境自在书店，你坐在加西亚·马尔克斯作品集前，看了又看，手不停地摩挲着书的封面，自言自语：不能买了，不能买了，家里已经没地方放了……你不知道，在你纠结的瞬间，那个读懂你的人已经悄悄找店主大石头订购了，善解人意的大石头还写下一张书签：唯时间与好书不可辜负。”

这信的每一个字，她知道另一头有个人都会装进心里。那厚厚的一摞情书，旁人也许无从体会，但他和她一定能懂。

“这些情书，我知道一直会有，我会用一生去等。”他写道。

【执手漫花枝】

几朵青山着绿装
江湖悠远
碧空长
执手共漫花枝下
且把初心守望

对坐剪花红

◇宁雨

春天，对于两位耄耋老人，应该是久远的记忆了。看他们的脸，大朵大朵的老人斑在那沧桑里恣肆地铺展着地盘，岁月的皱褶早就阡陌交错了。一年半之前，老太太已经死过一回，幸而被外孙的“心肺复苏术”成功救活。

老太太的病恢复了小半年。每天在炕上躺着，进食少得可怜。老爷子终日坐在那把椅子上，望着炕上的那个人，面无表情。他戴着助听器，除非睡觉的时候，就那么一直戴着，并不听收音机，也不看电视。听力早就丧失得差不多了，但他不甘心，催着北京的女儿、石家庄的外孙给他换最

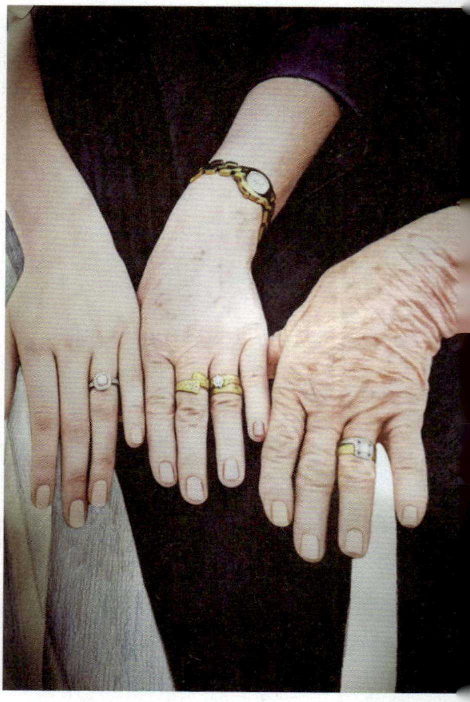

《我们的一生》（彩铅画） 陈心怡
国网绵阳供电公司客户服务中心
三等奖

好的助听器。孩子们知道，他最牵挂的是炕上来的声音。那声音，哪怕轻轻地一呼一吸，他也要捕捉得到，方好。

后来，老太太奇迹般好了。她又能够拄着拐杖到屋外的茅厕，又能够坐在院子里看绿眼睛的黑猫和蓝眼睛的灰猫嬉戏。如果太阳好，她还到邻家串门，跟她的老妯娌唠唠家常。

老爷子的心也活了。他有了新的人生目标——改装一部电动车。这两年村子里电动车多了，年轻人跟他说，骑起来很轻、很快。他也想要，他想骑着去赶集，到县城。有一天，他很郑重地把孙子叫来，要孙子用摩托带他到县城考察一下行市，其实他已经打问过车带、辐条等诸多细节了。他的目标，让年轻的孙子、孙媳还有50多岁的小儿子两口子心里捏着汗。

最近一段时间，老俩口没有外出。老太太在炕上剪花，老爷子坐在那把椅子上远远地瞅着，不言不语。一上午、一下午就这么溜过去了，太阳照上宽大的窗棂子，晒到北墙，又慢慢地离去。

老太太年轻时，是村子里数得着的美女、巧媳妇。特别是炸面花的手艺，真给一村子的乡邻争了脸。那个时候物质匮乏，聘闺女、做寿、老了人、重大节日，亲戚朋友都抬食盒，里边主要的物什就是面花。面花图形构思的本源是花鸟鱼虫，依用途不同会有不同的创作主题，比如十二生肖、龙凤呈祥、多子多福等。什么小鹿、麒麟、锦鸡、白兔、石榴、牡丹、缠枝莲，一番剪、捏、刻、削的复杂工序，最后入锅蒸、炸，出锅上色点染，便栩栩如生，惟妙惟肖。看吧，十里八村的食盒都来了，老太太的炸面花摆出来，整个把人家给比得黯然失色。

凭着一双灵巧的手和一副热心肠，前街后院的，老太太都有个好人缘。逢谁家有事，她就是女人堆里当然的统领。但平常日子，她与其他女人一样劳作。6个子女的母亲，生养的事宜断断续续20多年。奶孩子、浆洗、做针线、下地，琐屑的生活拥挤而来，她素面朝天，灰头土脸，一年到头都无暇在镜子里看一看迅速凋谢的红颜。

老爷子那个时候参加雁翎队，三年五载不回家，没有朝朝暮暮、暮暮朝朝的厮守，却有过满身的武功，满腹的豪气。小鬼子走了，他回家了，与不再年轻的妻、与大大小小的孩子一起度光阴、过庄稼日子。

像两棵相伴的老树，早不再开花结果，只有叶子还绿，满树的青筋老脉，清瘦的枝条。蜂蝶不再从此经过，灰喜鹊的窝也迁走了。偶尔风吹来，他们交换一下眼神，然后是无边的静寂。蝴蝶和鸟的子孙，何曾记得他们年轻的容颜。就算是记忆遗传，他们愿意活在那定格的、老去的灿烂与鲜美中吗？

忽然有一天，老太太又想起了年轻时的炸面花。她端坐在炕头上，端详着儿媳妇、孙女们找来的硬纸片，赤橙黄绿的，一如那时炸面花前擀好的面张，不同的是已经上好了颜色。于是，她去召唤她的“老朋友”——一把沉睡在抽屉里的剪刀。她的心里，又开出了红灿灿的石榴花，长出了水灵灵的大鸭梨，飞过了调皮的小鸟，舞过了俏皮的蝴蝶，跑过了灵动的小鹿。她要做个剪花娘子。

毕竟不再年轻。似乎花非花，树非树了。但老爷子观赏得很带劲，儿媳妇也说好。村子里有所学校，国庆节要装饰学堂，孩子们来求老奶奶的剪花。剪花贴在窗玻璃上，竟别有一番风致。

我每次回老家，老爷子都会摆出老太太大批的作品，要我一一品评。老太太说，她一定要剪出最好的，专门送给我这个作家。

其实，在我心里已经有一幅最好的剪纸——对坐剪花红。它属于夕阳晚风中的爱恋，温暖、明媚，静水流深。谁说“两情若是久长时，又岂在朝朝暮暮”，人世间的牛郎和织女，就该是这样：两情长相守，暮暮随朝朝。

人间自是有情痴

◇郑能新

结婚几年了，妻子那浑圆白净的脖子上仍是光秃秃的，没有一件饰物装点。而妻子身边的那些女士小姐们不是坠个玉雕就是圈个项链，钻石、纯金、翡翠、玛瑙都亮晃晃地耀人眼目，最低也有珍珠围脖，项链手链一条比一条精美，一条比一条华贵。

周围的女同事总是说，妻的脖子不挂条项链实在可惜，妻倒是不说什么，可我总觉得有些愧对她。结婚时，本应光光鲜鲜地给她买些好点儿的衣物，但那时家里穷，好不容易七拼八凑弄了2000元钱，让她置办结婚用品，但她只取了600元，简单地买了几套衣物和办了些生活必需品，其余的钱就退到我手上。妻是个很心慧的人，她越是这样，我越是觉得欠她的太多。

按说狠狠心挤点儿钱给妻买条项链，应该是不成问题的，但关键是乡下的父母要接济，孩子上幼儿园要用钱，生活也是一笔不小的开支，本来就没有多少闲钱，花一两千元买条项链，还是有点儿不现实。

有一次到云南西双版纳参加一个学术会议，会期有参观考察项目，导游

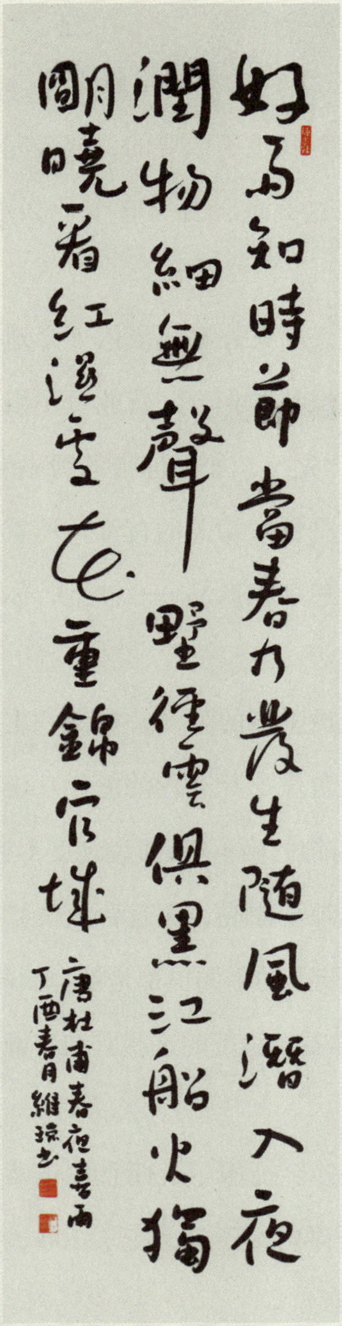

《春夜喜雨》（行书） 李维琼
中国铁路北京局集团公司石家庄建筑段
三等奖

带我们参观旅游景点的同时，也把我们带进了一些珠宝店，看着那琳琅满目、珠光宝气的物件，我就不由自主地想起妻那光溜溜的脖子。我几次把手伸进了口袋，但在里面摸索一阵后还是空着五爪出来，因为我自己心里清楚得很，除了来往路费，即使倾囊而出，也不过区区1000元零花钱。再说，在这些高档的首饰店里，1000元，那还不是一般的羞涩，那些琳琅满目的首饰动不动就是几千几万，这几个小钱，只配买点儿小挂件而已。

行前，妻把存折拿出来，把积攒多时的1000元钱全部取出交给我，说第一次出这么远的门，还是多带点儿钱，技多不胆怯，钱多不压身，以防万一。没想到，这1000元钱现在竟令我陷入了两难境地。

珠宝店的漂亮营业员看出我的窘态，笑容可掬地说："先生，你看中什么尽管挑，我们这是可以打折的。"

但是，那些被我看中的项链就是打完折后，1000元也买不到手，何况，即使

1000 元卖给我，我也不敢要的，把钱完全用干净，离家这么远，万一有个什么事，怎么办？

《挎着篮子的小女孩》（彩铅画） 孙盈
无锡江阴广电集团
三等奖

犹豫再三，我只好有些依依不舍地离开那令人眼花缭乱的柜台。营业员小姐再次喊住了我：“先生，如果你带的钱不够，我向你推荐一种价廉物美的首饰，那就是我们云南的特色工艺产品——沙金，你来看看。”

随着营业员手指的移动，我又一次把目光投向了柜台里那片金色的海洋。说实话，这些沙金首饰的确不错，虽说纯度不够，但外观绝对比纯金漂亮，而且营业员脖子上的项链、手腕上的手镯也都是沙金制品。营业员说：“你看，我戴的这些首饰有谁知道是沙金？”

我不仅被沙金征服了，而且也被营业员小姐的话所俘虏，于是，花了 200 多元买了一条沙金项链。

会议结束后回到家里，我将项链交给妻。妻先是一脸惊愕，然后有些娇嗔地说：

“花这冤枉钱做什么事哟。”

看得出妻还是非常高兴的，她迅速到卧房里对着镜子戴起了项链，戴好后，还左看看，右瞄瞄，哪怕一点点不正，她都要摆弄妥帖。妻戴着项链，真是好看极了！她本来皮肤白皙，身材也不错，这么一装饰，更显得漂亮大方了。当天，妻就戴着这条沙金项链与我到照相馆里拍了一张合影，照片上的妻光彩照人，脸上洋溢着一脸的幸福。

而我却有些不好意思，毕竟那不是一条纯金项链，如果妻知道那是沙金的，她会不会不高兴呢？但，妻却从不问这事，就连价格她也不曾问及。

拍了照片之后，妻将项链装入红色的丝绒盒子，锁进了她的抽屉里，问她为什么不戴，她说：“没事戴着不是显摆吗？”

我也因为项链毕竟算不得真货而不再催她戴，这样也好，免得被人识破。

一晃又过了几年，家里条件渐渐好转，我也积下了一笔较为可观的稿费。那天，我从稿费中支出一笔钱来，到黄金首饰店专门为妻挑选了一条纯金项链，亲自挂到妻那白皙的脖子上。

妻说：“你已经给我买过一条了。”

我说：“那是一条沙金的，不值钱 。”

妻说：“不，那一条也很值钱，那是你第一次给我买的首饰，是你送给我的一份真情！我会永远珍视它。”

人间自是有情痴！妻说完这话，我的眼角痒痒地有些湿润了。原来，妻看重的不是物品本身的价值，而是超越价值之外的那份真情啊！

此情可待

◇尹慧

没了，一切都没了！

丈夫在监狱里，儿子负气出走，房屋被罚没，钱款充公。

唯一属于她的，只有高筑的债台。

梅朵躺在20平方米出租屋的地板上，身边是一堆自己的呕吐物，她浑身乏力，挣扎着想起来，天旋地转。她望着天花板发呆。

就在今天之前，梅朵的生活可不是这样的。

她与丈夫原本有两处200平方米的住房，宽敞明亮的落地窗，高档的家具，考究的内饰，都在无言地诉说着主人的优越感。

昨天，两处房产已成为公产。

现在，她只有病弱的身体。

她不知道自己躺在地板上有多久了，眩晕像江河里的漩涡，随时随地都会让她失去知觉。

她忆起了丈夫被“请”去开会，一去就没有回来，她苦苦地等，等来了丈夫被审查被收监、财产被封冻的结果；她忆起了搬家那天的狼藉一片，充斥着影视剧里落败部队撤离前的荒凉；她忆起了儿子无法接受现实的暴躁……

停留在她脑海中时间最长的，是丈夫被通知“参会”后的第一次会面。

在监狱的会见厅，话语不多。隔着玻璃窗，梅朵看见丈夫双眸里流转着无助的眼神，他看着梅朵的眼睛，轻声地说：“我们，离婚吧。”

“我不。”梅朵不假思索，云淡风轻，似乎在转达着别人的决定。

她知道丈夫的心思。他不想让梅朵的余生还要过着初嫁时的穷困生活。

临阵脱逃？不是她的性格。

丈夫虽然被冠上了“贪污”的罪名，为人所不齿，但事实只有她自己最清楚，丈夫其实是被栽赃陷害，“证据”确凿，百口莫辩。

他的无辜，只有她可以洞悉。

这么关键的时刻，我怎么可以扔下他

《温情时刻》（水粉画） 张文垠
四川省巴中市巴州区一小
优秀奖

不管呢？什么“夫妻本是同林鸟，大难临头各自飞”？那是无根之草，无本之木！没有感情基础的婚姻才会是这样悲惨的结局。

梅朵是爱着丈夫的，爱到骨头里。

当初，梅朵和丈夫谈恋爱的时候，双方亲属没有一个人同意，因为他们是远亲。所以，最终携手步入婚姻殿堂时，没有亲人的祝福，更没有亲人的资助。

令梅朵能够在亲朋面前挺直腰杆的是，丈夫凭借他的睿智、他的努力、他的柔情，为她筑造了一个温暖明媚的爱巢，她在他们的爱巢里小鸟依人，享受爱的温馨。

梅朵对丈夫的感情是丰富的，除了挚爱，她还投入了无尽的感激。她感激丈夫这么多年的体贴照顾，更感激丈夫在春风得意时仍然深深地爱着她。

而今，她怎能在丈夫落难的时候拂袖而去？她要坚守爱的誓言，最初的信誓旦旦，岂能只作口号？它必须成为激励自己坚守的无穷力量！更何况，梅朵的生活里，从此将写入新的标签——申冤。

梅朵的“我不”二字一出口，丈夫的眼里立刻涌出了大粒的泪滴，这是他们结婚30年来，丈夫第一次落泪。

梅朵的心一阵抽搐，疼痛。她下意识地伸出手去给丈夫擦拭，她想用她写满掌心的爱意，去温暖丈夫酸楚的泪，怎奈，冰冷的玻璃窗挡住了她的手掌。

近在咫尺，却远过天涯。这一刻，梅朵真切地体会到了。梅朵将伸出的左手缩回来，攥成了拳头，望着丈夫的泪眼，坚定地说：“我一定要为你申冤！”

梅朵一字一顿，通过话筒传送到丈夫的耳鼓，犹如一颗颗子弹冲出枪膛，穿透千山万水的阻隔，直抵丈夫的心海，爆裂成股股热浪。

心贴着心的温暖，让天涯遗失距离。

梅朵与丈夫就这么四目相对，默默守望，没有只字，胜过万语千言。

发自心灵的抚慰，胜过烁烁之辞的华美。

梅朵躺在地板上海阔天空地任思绪奔忙了一阵，眩晕减轻了，她试着慢慢用双臂支撑起虚弱的身体。她的呕吐物沾染了衣物，也渗进了地板缝，她要彻底收拾一下，连同自己的心情。

当下，她该好好思考一下生存问题。

借款要还，房租要付，水电费、煤气费、物业费要负担，礼尚往来要应付，还要为自己这糟糕的身体埋单。

她一个月 5000 元的工资，要支付这么繁杂的支出，肯定会出现赤字。

幸好，有同事给她介绍了一份家教工作，可以贴补紧绷的家用。

梅朵在心里盘算着，双休日的时候，再去找一份兼职的工作，哪怕是刷盘子洗碗。

没有什么困难不能逾越，拖你后腿的永远是你的借口！梅朵在心里告诫自己。

收拾好了地板和衣物，梅朵斜倚在床头，拿起床头柜上摆放的她与丈夫的合照端详许久，轻声地说："等着，我来还你清白！"

梅朵是一个刚直的女子，从小就不会向恶势力低头。这一次，关系到丈夫人格和名誉的事，她更要弄个水落石出。

突然，她想起了半年前晚饭时，丈夫曾经跟她聊起过一个同事，这个同事觊觎他的职位已经好久了，而且还时不时地在领导面前奏他一本。

梅朵是个贤内助，丈夫的事，她很少过问，这样的事，她当时也只是把它当作一份谈资来听的。可是，现在想来，不可等闲视之。

梅朵有些警觉。

为了这个值得追查的重要线索，梅朵付出了常人无法想象的艰辛。她的生活轨迹划出明显的两条线：工作、兼职；东跑西颠、搜集证据。时间不够，她缩短睡眠；经费不够，她变卖典当首饰和家具。她相信，邪不压正！

两年过去了，当生活的重负和洗冤的无望把她拖入绝境的时候，一个大好消息从天而降。丈夫的那个同事因为受贿被隔离审查了，他供出陷害梅朵丈夫的全部事实。

云开，月自明。

明天，梅朵要亲自接丈夫出狱，此刻，她思绪万千。

她再度捧起与丈夫的合照，用指尖划过丈夫俊郎的面容，喃喃自语："素时流年，不求风花雪月，岁月静好，许你一世安暖！"

泪，滴在了玻璃罩上，雀跃起几朵晶莹的立体"花瓣"。

一个人的行走

◇季纯

《梅香伴我》（国画） 叶佩姗
东莞农村商业银行道滘支行
优秀奖

夜已经深了。屋外淅淅沥沥的秋雨敲打着窗棂，分外薄凉。她一个人守着三居室的房子，如今再也听不到他的声音。她孤自坐在床边，听风、听雨，任凭泪水恣意地流淌。

他得了十几年的肝病，每天吃一堆的药。有时候他会说："我把药吃够了，一颗也不想吃，如果不是你们娘俩，我都想放弃治疗。"尽管他已经做好了迟早要走的准备，最终却是因为脾脏破裂而走。一年前他的脾脏发现了肿瘤，这无疑是雪上加霜。医生说，他的脾脏肿瘤无法手术，早晚是一颗定时炸弹。即便如此，她还是难以接受现实，他怎么说走就走呢?

她不断回忆他走时候的模样。他面容安详，就像睡着了，她和女儿握着他的手，哭得撕心裂肺。

最初，女儿每天陪着她。女儿抱着她说："妈，我爸累了！让他好好休息吧！他走了，还有我陪您。"

大学好友来看她，她目光呆滞，怅然若失，脸上挂着豆大的泪珠，整个人瘦得只剩下骨头，显得更沧桑了，他的离去仿佛完全击垮了她。好友忧心地说："你该慢慢走出来了，重新过你自己的生活，你这样的状态，是他最不想看到的。"

她和他是一见钟情。她喜欢他的开朗健谈，他喜欢她的文静内秀。孩子8岁那年，他突然病了，不省人事，被同事背上了120救护车。一检查，是重症肝炎。这个消息对他们来说犹如晴天霹雳。医院下了病危通知书。她一改往日的内秀，紧紧抓住大夫的手，不停地说："救救他！"

他从鬼门关走了一趟。两个月后，他出院了，这已经是奇迹了。但后期需每天服药，定期检查。医生悄悄告诉她："如果情况好的话，可以活三到五年。"而他整整与病魔斗争了17年。这些年，为了给他看病，他们去过北京、上海等地的大医院。一共住了多少次医院，跑了多少路，已经无法计算。里里外外还不是她一个人撑着。每天给他熬药，饭菜咸了淡了，睡眠好了坏了，都让她操心。她照顾他，像照顾一个孩子。尽量延长他生命的长度，便成了这个家庭这些年的一致目标。现在这个目标没了，只剩下一堆还没有吃完的药。

她的世界一下子空了。女儿总不能永远陪着自己，剩下的日子得一个人走。她打不起来精神，恍恍惚惚，不想吃饭，不想睡觉，满脑子是他的影子。

一个多月以后的一个清晨，她来到他的办公室，给他收拾遗物，看到了他给她写的一封信：

亲爱的琴：

我知道迟早有一天，你会来到这里，会打开这封信，那时，我们已是两个世界的人。

作为男人，我本该给你撑起一片晴空，生活的重担本不该压在你瘦弱的肩上。可一切并不如人愿。而你依然很乐观，从未抱怨过命运带给你的不公。你又当妈又当爸，把女儿教育得很好。越到后期，我的身体越差，有时候走不了几步，就气喘吁吁。欣慰的是，有你的陪伴和鼓励，我坚持了这么多年。坚持到女儿大学毕业，看到她找到了稳定的

《融乐一家亲》（工笔画）王崇钰
四川省宣汉县人大常委会
二等奖

工作和心仪的爱人。我想说一句："谢谢你！"但说什么都显得那么轻飘。今生遇到你，是我前世修来的福分。

……

亲爱的，原谅我不能陪你走完生命的最后一程，以后的风风雨雨你要一个人面对了。如果能再次遇到爱的伴侣，我会真诚为你祝福！你打开抽屉下面的柜子，里面有一双鞋，是我给你买的。为了我，你一直没有时间旅游，我欠你太多太多。这是我在尘世给你最后的礼物。亲爱的，别哭！你穿上它，记得一定要面带微笑，走出你精彩的人生。

爱你的伟

泪水像断了线的珠子顺着她的脸颊滚落，打湿了信纸。哭够了，她擦干眼泪，穿上他买给她的鞋。一个人从他曾经工作的单位走到她的家门口，又从家门口走到小区外他们经常散步的河堤上。河堤上有一处风景——树抱石。这是他生前最爱看的风景。一棵高大的松树长在石头上。没有人知晓树的种子到底是怎么落到石头上的。树丝毫没有抱怨它生存的环境，它的根紧紧抱住石头，它的枝枝丫丫已然长成巨大的屏障，为石头遮住风、挡住雨。它像一个勇敢的战士，巍然屹立。也许，只有站在坚硬的石头上，树才如此顽强。那一刻，她懂得了树抱石的含义。

第二天，她背起背包，再次穿上那双他送她的鞋，带着他的愿望，一个人去旅行。从此，她的爱，她的苦，她的泪，一并被她深埋在内心。一个人的行走，走的是孤单也是自由，更是要走出不一样的风景。

爱是最高级的滋养

◇方长英

《有爱就是家》（碳素笔画） 高淑丽
中国华能集团公司伊敏煤电公司
优秀奖

“我那时候说是去割草，其实是去村外的山坡上等信。”当雪说完这句话的时候，她的丈夫山把手从邻座的桌上伸了过来，把雪的手紧紧地握住。

雪是我老乡，也是我朋友，她有自己的拍卖公司，我见过她举起拍卖槌，几百万、上千万买卖一锤定音时的坚定和飒爽。这几年雪的公司发展得越来越好，她也成为我们当地小有名气的女企业家。

有句俗话说：“人怕出名猪怕壮。”最近，雪刚刚从一场劫难中抽身而出。原来，她的一个闺密同学以投资为诱饵，骗了雪几百万元，步步设局，步步陷阱，要不是雪感觉不对劲，及时报案，肯定会有更大的损失。追讨、打官司，是多么劳心伤神的事情。被骗事件发生后，雪的丈夫没有一句责怪的话，时时陪伴，不断地劝慰雪：“钱可以再挣，身体千万不能愁坏累垮，我不能没有你，女儿不能没有你。”总算老天开眼，那个骗子最终得到了法律的制裁。

雪的丈夫山是县城城关小学的副校长。雪和山是初中同学。初中毕业后，雪考上了中专，山上了县重点高中，后来考上了大学。两颗年轻的心因相互吸引而互生好感，越走越近。但雪的母亲坚决反对，因为山的家里太穷了，吃了上顿没下顿，连孩子上学的学费都交不起。雪的母亲为了阻止女儿和山交往，把女儿锁在家里。后来山无数次地登门拜访雪的父母，山嘴甜人又勤快，雪的母亲终于被山感动。雪家和山家仅隔两里路，都住在大山里。雪放暑假寒假就回家了，可是山得留在上大学的城市打工赚钱攒学费。他们的所有交流只能靠写信。

山高路远，车、马、信件都慢。在两地相思的日子里，雪每天最重要的事情，就是去村头的山坡上等信。看着那个留着板寸头、骑着绿色永久牌自行车的邮递员，从山的那边转过来的时候，雪的心就会怦怦乱跳。收到来信时，激动的雪把信安放在内衣口袋，躲到无人的山上林间，一遍一遍地看。没有收到山的来信的日子，她就像丢了魂似的心神不宁。

我和雪夫妇虽然同居一城，但平时也难得见面。前不久，一天的饭局上，我们一堆朋友推杯换盏，喝酒聊天好个热闹。山平日也喜欢喝点儿酒、喜欢热闹，但那天他滴酒未沾。他语气沉重地说：“刚从‘鬼门关’逃了回来，捡回一条老命哦！”雪无限怜惜地看着山，给他盛了半碗鸡汤。

雪说："就在几个月前，山心脏出了问题，她和朋友连夜开车送往上海的大医院抢救。医生检查后发现山的病情十分危急，人处于半昏迷状态，得立即手术。危急关头，护士要用剪刀剪开山的套头毛衣，意识模糊的他，紧紧抓住毛衣不放，怎么都不松手……"山说："当时心里想，毛衣是老婆织的，坚决不能剪，死也不能剪！"

当山说完这番话时，一桌人顿时鸦雀无声。空气中似乎有一种温暖在传递着、洇润着。

雪捧起那半碗鸡汤送到山的嘴边，山动情地说："我要多喝点儿，让身体尽快恢复得像山一样壮实。下雨天，我还要背你呢！"原来他们家居住的地方地势低，一下雨门口就会积很多水。这样的雨天，雪总是美美地穿着高跟鞋，等着山背她蹚过那水洼。

我忍不住问："那背了多少年了？""哦！这还真没算过，反正一到下雨天就得背。如今女儿在国外，不用背了，这个大宝贝我会一直背下去，直到我不在的那一天为止！"山说。

灯光下的雪年近半百，肤色白皙，从内到外都透射出一种知性优雅的光润。在外打拼事业的雪是女强人，但回到家她永远是山眼里的小女人。作为女强人的雪和小女人的雪都是美丽的、幸福的，被满满爱意包裹着的女人想不美都难。

爱是什么？爱就是生活中一点一滴润物细无声的搀扶、鼓励和彼此融入血肉的怜惜。这样的怜惜是一箪一瓢一食一粟的日常，是伤风感冒头疼脑热的疼痛，是春夏秋冬四时更替的陪伴。

爱是什么？爱是世间万物最高级的滋养。

爱是生命里最温柔的守候

◇彭文瑾

那是一间临街的制衣店，昏暗的小屋子里空间很小，多坐一个人，都显得困难。店主是一对老夫妻，他们有个在外地工作的儿子，一个在附近打工的女儿，开店几十年想必有一些积蓄，但日子还是过得十分节省。有一天，我去得早，年近半百的老夫妇正在吃早餐，青菜煮的面条，汤里洒上劣质的酱油，妻子用缺了口的大海碗盛着面条，津津有味地吃起来，丈夫的碗里却放着一枚荷包蛋。

我一时无语，也许平凡人的爱就像那小小的一枚荷包蛋，盛在碗里，暖在心里。外面下着雨，狂风乱吹，而在这个狭小的房子里，却是分外地温暖。我坐在那里默然地看着这一切，我知道，女人的爱就如同那枚荷包蛋，浸润在那些平凡而安静的岁月里，是漫长而平常的日子里最温柔的守候！

当这种坚定而温柔的守候愈来愈显得圣洁的时候，无论是落花飞雨的日子，还是风寒雪舞的季节，夫妻俩都会用沉静和温柔默默地守候。我相信，海誓山盟、挥手别离、举泪重逢，而这些写满忧欢的人间情爱落在金风玉露的红尘里，显得太浮浅；忐忑不安、六神无主、魂牵梦萦般的苦涩，而现实中你心爱的人，只默默一个眼神，便可胜过千言万语，胜过世间所有的风花雪月。

不相信月光温柔如水时情人拨弦轻唱的是爱，不相信折梅吟雪时那动人的目光是情，不相信春雨里的缠绵簇拥会到永远。爱到底是什么？

爱情，已经是弥足珍贵的东西了，信它的人越来越少了。正因为如此，世上有多少至真至纯的爱情，便会有多少种关于爱情的诠释。而只有当轰轰烈烈的爱情过后，进入到平平常常的日子里，与他执手相对，与他风里来雨里去，他便成了世上唯一的依靠。相濡以沫的岁月中同他共剪西窗红烛，才明白爱是一种无声的默契。

有这样一对老人，每当秋日日暮时便相扶相伴着走过夕阳下的同心桥。黄昏映照，霞光缤纷，在市民广场上，这对老人已成了一道夕阳般美丽的风景。一望无边的柳岸，一望无边的林子，让我们想起这曾是我们向往已久的梦

《童趣》（水彩画）王琳
中铁九局集团第四工程有限公司
三等奖

境啊，又仿佛远离一切尘烟，时间在一刹那间凝固。

老妇人经常是穿一袭黑丝绒旗袍，上面滚着细致的金边，戴一副金丝边眼镜，一头花白的短发打理得温顺水滑，看起来高雅端庄、雍容华贵。身边的男人也穿得齐齐整整，戴一副深色的墨镜，显得雅致洁净、气度不凡。

《宁静的雪村》（油画） 白菊
中国铁路中铁集装箱哈尔滨分公司
三等奖

其实，所谓看夕阳，只不过是老妇人一个人的事，因为她老伴早已双目失明。但我坚信她的心里装着一个温柔的梦，守候梦里至洁至圣的爱情，就如同守候生命里美丽的黄昏。

与好友相识多年，深知她有过不幸的婚姻，也有过生活上的波折，然而她却用女性特有的柔情与善解人意换来今天的幸福生活。我试探问她：“如果有来生，你是选择做男人，还是做女人？”她毫不犹豫地说：“做男人多累，又要养家挣钱，又要奔波劳碌，如果有来生，还是情愿做女人。”好友是个典型的家庭主妇，在生活与物质上她没有过多的追求。她喜欢把自己的家收拾得井井有条，窗明几净，将一日三餐的饭菜调理得有滋有味。每次迈进她的家，便有一种说不出的温馨。

眼前的幸福，让我想起赫尔岑说的一句话："好女人是一所学校。"身为女人，应该柔情似水、心思缜密、体贴入微……但，女人的温柔不是柔弱，不应该丧失了自己独立的人格成为生活的弱者。女人之温柔，是柔中有刚，柔媚可人，像绚丽的鲜花，沁人心脾，温暖如春。这样的女人哪个男人不喜欢呢？我想好友应该属于这种类型的女人吧。

也许，在女人如花的生命里，是爱情点燃了女人追求幸福的心灯。可真情的光辉却不应在岁月里斑驳。一个憨憨的笑容、一句美美的祝福、一个温暖的拥抱，都会唤起女人的温柔，都会激起女人全部身心的爱意！

女人的一生中最幸福的事情莫过于有个心爱的男人陪着一起慢慢变老，就像歌中唱道："我能想到最浪漫的事，就是和你一起慢慢变老，直到我们老得哪儿也去不了，你还依然把我当成手心里的宝。"就是那温暖的人间烟火，让我们拥有作为女人的全部幸福。

前不久，看夕阳的老者谢世而去。当我再见到老妇人时，她面容很是枯萎和憔悴。

解读红尘，日子可能平淡、琐碎，也可能写满悲欢忧乐，但无论如何，爱是生命里最温柔的守候。

选择了，就要好好爱他

◇党莉岩

雨停了，天空像洗过一样，青青蓝蓝的，透亮的雨珠从树叶上落下，滴在湿漉漉的地上，也滴在正在院中摆放桌子的紫云的头上。阳光温柔地照在泛着水光发亮的地上，淘气地把树的影子拉得修长。

紫云抬头看了看飘动着丝丝白云的天空，又看了看半掩着的院门。今天，是她和刚子结婚十周年纪念日，刚子昨晚就打电话说今天一定会从单位赶回来。

刚子是一名工程监理，经常跑工地，长年累月在外面奔波，回家的日子屈指可数。说好今天要回来的，可到现在还没有到家，刚才的一阵雨，紫云真的担心会阻断丈夫回家的路。工地上突变的情况太多了！记得上次，刚子就是半夜被叫回工地上去的，一走就是一个多星期。

幸好雨停了，紫云在心里默默祈祷着。她不时地望着门外，饭菜都已经热了两遍了。为了今天，紫云还专门去商场买了一瓶红酒和一瓶丈夫爱喝的汾酒。

《金色童年》（工笔白描） 王新
山东省莱州农商银行
三等奖

等待中，紫云觉得时间过得很慢，她倚在竹躺椅上，回想着与刚子这些年生活的历程，在甜甜的回忆里时而会蕴藏着丝丝酸涩。紫云经常拿自己和军嫂、矿嫂比，总觉得自己没有军嫂伟大，但又比矿嫂幸福，至少她的担心指数要比矿嫂小得多。想到这些，紫云笑了。可笑过之后，她又想哭。看着邻居们都是出双入对，自己和刚子更像是时尚的周末夫妻。想到此，紫云又想起了去年的今天。

那天，她和刚子吵架了，因为她厌倦了这种聚少离多的生活，她希望刚子能够向单位提出换岗的要求，希望丈夫能天天陪着她。可是刚子却说："工地更需要他，更能发挥自己的专业特长。"紫云记得那一天，自己哭得很凶，甚至以分手相要挟，和刚子大吵大闹。

刚子对紫云在生活上一向疼爱有加，可是在工作上刚子原则性非常强，他不会因为紫云的哭泣就轻易放弃自己为之奋斗的一线工地。刚子哄劝了紫云很久，但紫云依然是不依不饶，刚子只好叹了口气，悻悻地上班去了。这一走，就是两个星期。

起初，紫云以为刚子这么长时间不回来，是为了躲着她。为此，紫云的气更大了，她下定了要和刚子分手的决心。她把电话打给了刚子，让他请假回来办理手续。电话那边的刚子嗓音沙哑，听了妻子的话，刚子沉默了许久，他只说了一句话:“云,我舍不得你！”紫云突然间语塞了,她怔怔地拿着电话，竟然忘了自己刚才在说什么。

又一个星期过去了，刚子急匆匆地回到了家，他捧着紫云的脸，注视着她发亮的眼睛说：“云，这几个星期，工地一直在抢进度，我想给你打电话，又怕你生气。对不起！原谅我好吗？你是我的一片云，我舍不得你。”紫云哭了，她哭得很伤心，但是这一次，她哭得又很幸福。她后悔不该和刚子闹矛盾，更不该用她的任性去伤刚子的心。在被刚子搂在怀里的那一刻，紫云的心被融化了，仿佛也就在那一刻，她突然懂得了:选择了，就要好好爱他!

突然，紫云的眼被一双手轻轻地蒙上了，那是她非常熟悉而温热的手。紫云娇嗔地站了起来，她没有责怪刚子的晚归。因为她知道刚子一定有原因，她不想多问，只是转身到书房去拿为他精心准备的礼物，那是一条绣着“执子之手，与子偕老”的白色手帕。

【花落尘埃静】

花落尘静红妆俏
结庐傍林
意逍遥
青春无悔慰初心
阅世嫣然一笑

慢享时光，慢煮生活

◇孙昱莹

我第一次去成都，是在25岁那年夏天。从燥热的北方，飞往素昧平生的南方，以为会是酷暑难耐，没想到，那里阴雨连绵，凉风微沁，连着空气里都有淡淡的清爽味道。

此次前往，是编辑部的一个采风活动，同行的都是文人学者，我们一行人从电光石火的焊接工厂结束参观，便来到宽窄巷子，直奔作家李亚伟与人合伙开的川菜馆。早听人们说，成都是一个满大街都是茶馆的城市，生活在这里，有最悠闲的时光、最缓慢的节奏，果然不假。青石板路，雕栏玉砌，整条巷子都有复古的韵味，行人漫步街头，难得悠然自乐。我们去的店也是青砖红瓦，花窗精致，进门后的庭院，凿池堆石，栽满绿植，树影下的回廊更给人曲径通幽之感，好似走进一幅山水画一般，人的心情，也立时明朗起来。

等待的时间里，王巨才、蒋子丹、原野、邵丽几位老师坐在中庭的树下，闲聊着旧时年华。我和作家李浩、编剧王樑，还有诗人小海坐在回廊拐角的藤桌，一起聊谁又出了新书，谁发现了一本被忽视的作品，聊文学生态，聊诗词歌赋，好不惬意。彼时有细润的雨珠落在藤桌的玻璃上，发出滴答滴答的声响，像好听的和弦流水静谧般涓涓流淌。我们并没有等待太久，却如同度过了一朵花开的时间。那一刻虽不似山居中的旷古宁静，却也有恍若隔世的缱绻心情。没有急躁，没有催促，那一份舒缓的状态，仿佛时间不曾光顾，岁月在这里有了不经意的停滞。

谁不希望时光踟蹰不前，能静享生命，可是现实往往是，这人生旅途，你要不停地赶路，步履匆匆，经历世事风雨，无暇休息。假期、旅游，听起来像很遥远的事，不加班、睡个好觉，就是奢望。一封封包装严密的快递在手中接了又发，时刻提醒你这是一个快速、高效、分秒必争的社会，你不能停歇，不能懈怠，不能贪图安逸。可是，当一切都处在“来不及”的状态，一切都箭在弦上，无法逃离，人心就

《温馨家园》（水粉画） 魏海燕
四川省宣汉县南坝中学
优秀奖

会徒增紧张，积累忧郁。久而久之，便会心浮气躁，无法喘息，一点小事就可能扯断绷得过紧的那根琴弦。

生活有时像一道难题，你寻找公式，小心运算，急迫地求解，却总也得不到最终的答案。当速度以外到处是无处安放的喧嚣时，我们便需要慢下来，让时光缓缓流淌，去给心灵一方静谧的空间。如同慢慢去烹饪，慢慢料理，静待滋味由表入里。

我单位附近的西康路，是著名的咖啡馆一条街，那附近独具特色的文艺小店众多，其中有一家，名为“时间慢递”，这家店最吸引我的，是那一整面的照片墙。墙上除了主人和客人在店里的照片，还有很多客人的留言贴纸。这些留言不是记录当下，而是写给未来的自己。店员说，在她家可以给未来的自己寄送一封时间“慢递”，不是即时收到自己的留言，而是在指定的时间再来查收。这样的寓意，是希望客人体会店里的主旨，慢享时光，过慢生活。慢，是种独特的情调。慢让人从容恬淡，慢慢地前行，会看到更多的风景。平日上班，我会在午休的时候跑去咖啡馆，这是属于我的短暂休闲时刻。这一刻忘记工作的烦琐，点一杯饮品，听着舒缓的英文歌曲，或是看一本书，或是写稿子，身体便不再感到疲倦。我很享受这样的慢节奏。慢下来，使神经放松疏解，灵感也不期而遇，《隐患》《海妖》《对面》这些小说也是在午间的咖啡馆里诞生。

人们总是容易忽略生命中那些擦肩而过的美好，一味汲汲前行，渴望心的“归宿”。挣够了钱就退休，升职之后就去旅行，找到合适结婚的那个人此生便算圆满……赶路式的生活，只会让自己感到疲惫，感到劳累，而你所得到的，未必又那么圆满。苏轼曾言“人生如逆旅，我亦是行人”，人生就是艰难跋涉的旅途，既然大家都是路人，为何非要行色匆匆呢？只要奔着那目标去，适当地慢一点儿，还可以撷取沿途的美好，收获一份诗意。

在片刻间歇的中午，手冲一杯咖啡，或者浸泡一杯香茗，读两页书，便能感到心情一下子安静下来。周末的余暇时光，来到户外走走，放空心绪，能一扫一周堆积的阴霾。尘世闲影，如果慢慢烹煮，我们会发现总有零散的时间可以利用。生命原不只有拼搏和奋斗，你没有办法永不停歇。偶尔让脚步停留在当下，让灵魂回归最初的舒缓，眼前便仿佛敞开着一片世外桃源，宁静致远。

接受一份仪式感

◇李子燕

暮色四合，华灯初上，收到好友英子寄来的礼物：两罐菊花茶，两盒护肤面膜，两瓶桂花香水，一支精华护手油。

喜悦地摆弄着这些礼物，内心升起一缕芬芳的情愫，忍不住举起香水嗅一下，拿起面膜在脸上比画比画，旋转着罐子端详那些晒干的菊花茶，抚摸着护手油上的“摩登红人”。仿佛它们是一个个精灵，只可捧在掌心里观赏，却舍不得拆开“亵玩”焉。

陶醉良久，才想起拍照跟英子道谢。她似乎长长地舒了口气:“收到就好。那桂花香水和那盒装菊花茶，是从杭州带回来的。这个香水在杭州市面是买不到的哟，桂花是杭州的市花，盛装香水的瓶子是杭州西湖三潭印月的那个潭，也是现在一元钱纸币背面的那个潭。研制者是一个到杭州求学的大学生，她被八月桂花的香气吸引了，因此决定把这份香气带给亲朋好友。她用桂花和香精研制成香水后，还去杭州的旅游界推广，要让天下更多的人既能嗅到桂花的香气，还能感受到西湖的美景……”

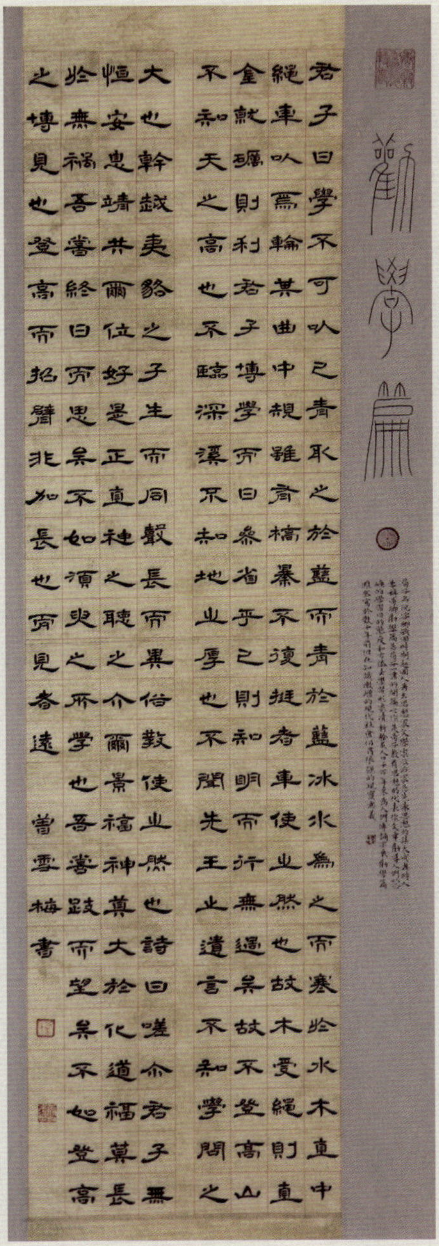

《劝学篇》（隶书） 曾雪梅
中国铁路南宁局集团公司柳州机务段
一等奖

我由衷喜欢，对英子说：“忽然想好好享受美丽的生活了。”

英子发过来笑脸，说：“我们都是女人，当然喜欢这些东西。子燕，爱生活的前提是好好爱自己，让自己健康快乐。我也是，身体一直不好。对了，你说‘忽然’，难道你平时不做面膜？不用香水？不喝花茶吗？”

望着这段文字，我的心被温柔地刺了一下。面膜当然也做过，香水也用过，花茶也品过，只是除了亲友赠送的，我从来不舍得买。所谓“云想衣裳花想容”，并非我不爱美，而是多年来为了维持生计，悄悄压抑了爱美之心。天长日久养成习惯，像母亲独爱“友谊”牌雪花膏一样，我只对“大宝 SOD 蜜”情有独钟，美其名曰“腹有诗书气自华”。偶尔亲友送来一些精致礼物，我都会小心珍藏，留到外出时再用，有时甚至留过期了，又心疼地唏嘘感叹好久。之所以出行时打扮一下，并不是为了虚荣，而是真心觉得：自己整洁的装束，是对他人最基本的尊重。

“子燕，要像亲友们爱你那样爱自己。我们有时候活的是一种心境，一种仪式。这并不虚伪，恰恰是爱自己的一种方式，人到中年还来得及哟！”英子继续说着。

活的是一种仪式？凝视着这几个字，我不禁思潮起伏，浮想联翩。我们从呱呱坠地的第一声啼哭，向世界宣告自己是一个独一无二的生命体，到戴红领巾、戴团徽、毕业典礼，入党、入职、荣誉表彰，再到步入婚姻殿堂……其实，“仪式”一直伴随左右，从未远离过。正是这些仪式，让我们觉得被一步步认可，让我们感受到一种庄严、隆重，如奥运会上五星红旗升起般非同凡响，令人珍惜。生命是需要有仪式感的，因为在接受这个仪式的同时，意味着一种思想的提升、道德的承诺，意味着人性的自律自省，意味着一种责任和担当。

“仪式感”的定义，似乎这样说：人生分时间和空间两大区块，空间套用在时间上摩擦生热。从古至今，我们给自己规定了很多仪式感，让我们所谓的空间在不同时间折叠—伸展—折叠—伸展。比如过年。

然而，这是一个多么过于繁忙的时代啊！每个人都急着赶路，仿佛一夜之间，谁和谁就分道扬镳了，微博上发个公示就轻松结束了爱情。于是，大家又都各自忙碌，忘了纪念日，忘了那些仪式感的东西。生活如一个不停旋转的陀螺，直到把自己转晕为止。

暗自叹了口气，有时候，我又何尝不是如此。

于是，羡慕把日子过得生动精致的朋友，她们或者喜欢瑜伽，或者喜欢绘画，或者喜欢茶道，或者喜欢旅行。无论是否单身，都时刻提醒自己：生活除了忙碌，还有休闲和远方……

曾经读过田耳的中篇小说《一个人的张灯结彩》。生活的场景中，每每自我陶醉时，就会想起文中的一句话："这不是生命的喧哗，也不是外在的装饰，我恰恰觉得这是丰富又美好生命的方式之一，如同每天微笑，每天阅读……"给自己一种仪式，为了让生活成为生活，而不是生存。

忽然觉得好隆重。对，这就是仪式感。我赶紧来到洗手间，清水净面，不为掩饰泪水——只为"敷面膜"这个仪式，做精致的准备……

栖居在自然里

◇闫语

我究竟是从什么时候开始怀念乡村生活的，已经记不清了。多年以前，我曾经在那里生活过，但现在却只剩下怀念了。

怀念是一种心灵的旧地重游吗？

夏天的夜晚，坐在小院子里看满天的星星，白昼的种种喧嚣都在一闪一闪的星光中渐渐隐退了，耳边开始荡漾着微风和虫鸣。小小的菜园里，黄瓜伸直了腰，西红柿羞红了脸，还有那一架葡萄也在用晶莹圆润的眼睛帮我数

《penny 读书，遇见世界》（线描画） 陈萍　四川机场集团双流机场飞管部　三等奖

着天上的星星。这个时候，夜色格外地温柔体贴，虽是万籁俱寂，却也蕴含着勃勃的生机。这个时候，我诗意地栖居在自然里。只是，那时候我还不知道诗意为何物。后来才明白，诗意地栖居在自然里是对自然的回归，风景和自我融为一体，而后进入生命。

又是一个星光灿烂的夜晚，最罕见最美丽的清澈，从日落时分一直延伸到夜里。一弯月牙悠闲地在一片云彩的身旁冒出来，一阵微弱的芳香自远方缓缓飘过来，广阔无垠的空气，天空朦胧的蓝色，莫名的，我有了一种难以描述的安慰。这样一个夜晚进入笔端的时候，我没有坐在星夜下，也没有躺在月牙上荡秋千，而是在完全的静谧中等待着，等待玉米拔节的声音，等待生命中某种看不见的幸福。

是的，坐在家里，精神也可以远足。每次，当我从文字中抬起眼睛，看着自己身处的房间和那扇窗户，想象着我的思绪可以冲破钢筋水泥堆砌的禁锢远走高飞的时候，耳畔就会响起诗人荷尔德林的那句话："假如大师使你们恐惧，向伟大的自然请求忠告。"是的，自然就在那里，是呼吸，是朝霞，是天空和石头，是青草和麦苗，也是丰收和荒凉。

是的，自然一边前进，一边在更换着它的精神和衣裳，变得更加宽敞，也更加别致。就像今天，刚下过一场滂沱大雨，云很重，直到刚才，云彩才像窗帘一样迅速地撤去，呈现出清澈的天空，和一座我所见过的最美最神奇的彩虹桥。桥的两端扎根在大地上，阳光从七彩的颜色中透过，一幅绚丽柔和的图画在天空中慢慢地铺展开来，而后又慢慢地消失了，直到露出蓝色的透明的天空，上面有许多小块的云彩和边线。

《闲适》（山水写意） 刘卓
中铁集装箱武汉分公司
优秀奖

我坐在窗前，用文字和心灵记录着自然中转瞬即逝的美丽景色，也记录着我经久不散的对于自然的向往，还有对于乡间生活的想念。透过窗子的光线，我仿佛看到了那个让我日思夜想的地方，那里有美丽的草地、金黄的稻田、清澈的小溪和质朴的左邻右舍。那里的人们善良而且快乐，几乎每家每户的院子里都会种上许多的向日葵。到了冬天，忙活了一年的人们三三两两地围坐在暖阳下，吃着葵花子，说上一两句一年到头的心里话，或快乐，或忧伤，都是生活最本真的颜色。

是的，这个秋天，因为这一篇文章，我拥有了美妙而满足的时刻。对我来说，这似乎应该归功于天空，但我好像从来没有真正地仰望过天空。然而，今天我看的最多的就是天空，那种细致透明的蓝色，是秋天独有的色彩，或大或小的云彩，或静止，或游移，都是那么生动。一场大雨，是天空的一次抒情吧？那么幻化出的彩虹桥呢？

这一切超越了所有绘画的生动色彩，难道还不能勾起你出去走走的愿望吗？

但是，仅有景色是不够的，仅有眼睛也是不够的，还要有一颗效法自然的心灵。树叶纷纷飘落，果实招摇枝头，这些大自然的婴儿，它们是哭是笑，全在于我们敏锐的感知。春日喜雨随风潜入夜里，秧苗们欢呼雀跃却招来世人的几许愁绪；花儿朵朵娇颜风华绝代，世人喜形于色却不觉花儿正在暗自神伤。

往往就是这样，当我们写下春天，春天就在窗外渐渐远去；当我们写下村庄，村庄已在风景中悄悄老去。时间匆匆复匆匆，它在反复读着自己内心的秘密，也在用多重的演绎将我们推到故事当中去，故事里的自然之美或是伤怀之美，是古人的，也是今人的。时间用经久不息的水滴在我们的心底激起一圈又一圈涟漪，只是有的深沉，有的慌乱罢了。

写下这些的时候，那条没有名字的乡间小路上，阳光泼下了碧蓝的天空，两只脚踩着同一个节奏，一棵棵早已茂盛起来的树，在不约而同地讲述着昔日的一个个场景。季节，正清晰着、明亮着，向我们款款走来。

阅读是自我修行

◇方长英

互联网时代，海量的信息翻江倒海铺天盖地。轻点鼠标，大量的信息便涌现在电脑屏幕上。为了求新、求奇、求异，吸引读者眼球，“标题党”、网络流行语、表情包等盛行。时代的车轮承载着滚滚红尘，滚滚红尘中泥沙俱下，人心在浮躁的喧嚣中居无定所，时间如点点波光被割裂得七零八碎。我们在过度地透支着视力的同时，也在透支着耐心。一目十行，浅尝辄止，如风轻掠过湖面。这样盲目被动的挟裹式的接受不叫阅读，它最多算浏览。它是我们放眼窗外的一个途径，它是放射式的扫描。包罗万象，过眼但不入心，有时只是眼睛的余光随意一瞟，隔着山，隔着海，隔着空气的缥缈和虚无，仅此而已。

但阅读不是，阅读是一种回归，是一种反观，是一种向内的滋养，是润物细无声的修行。阅读是自我的礼仪和规范，趁着夜色，轻提裙裾，让自己静静地坐下来，在一盏灯光的笼罩下，净手，烧水，泡茶，捧卷；是辛苦一天后，身心腾空放下，再进一步的下沉，放到低处，回归本真，回归自我，回归生活的简静与白纸黑字。

白纸黑字有一种质感，可触，可看，可读。是一种明朗，不纠结，不含糊，是叙述者与倾听者的默契，是隔着时空隧道的对话与眼神的交流。时光如绸缎般光滑而微凉，思想的幽光洞穿一切的虚妄，让你在茫然四顾之后，心有着可依可靠的笃定与淡然。

生活的风雨是眉梢轻点的一缕愁绪，在纸页的窸窣翻动间，化作了点点力量的清露，涤荡灵魂，滋养心灵。从甲骨到竹简到丝帛到纸张，一笔一画，点横竖撇捺都是一种力道，一字一句背后都透着一种光亮，借助书籍写出自己对人生的哲思，给他人以引领。朗朗乾坤洪荒宇宙，台前幕后演绎的无非是爱恨情仇、悲欢离合。上至江山社稷下至柴米油盐，芸芸众生熙熙攘攘为名而来，热热闹闹为利而去，我

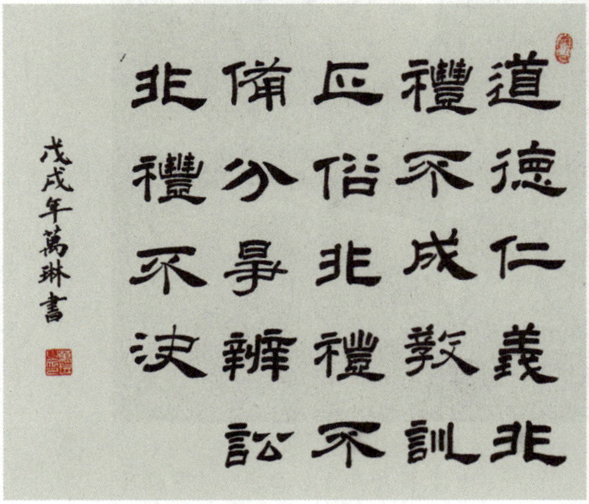

《礼记·曲礼（节选）》（隶书） 万琳
常德市第一人民医院
优秀奖

们个体的生命在历史的长河里、在自然面前是何其脆弱和渺小。我们都是草芥，都是尘埃，甚至连尘埃都谈不上。阅读好比登山，每前进一步，你看到的风景都会不一样。一览众山小，绝对让人心胸开阔。是啊，人生没有过不去的坎，看看别人想想自己，我们还有什么心结解不开？还有什么东西放不下？生活也在澄明宁静中找到了继续美好下去的理由。

《读书女人》（油画） 万顺玲
中建七局第一建筑有限公司
优秀奖

仰望俯拾之间，丰盈的是日渐干涸的心潭，潋滟波光之下，前有古人，后有来者。人类文明如溪水潺潺，青灯素笺上多少代人的脚步承前启后，或郁郁孑行，或形销骨立，或风流倜傥，或忧国忧民，或战火纷飞，或天灾人祸，或金榜题名，或流放边域，或刚正不阿，或秉言直谏，或遭人唾弃，或千古留名，或仰天长叹，或黯然垂泪……历史的烟云，书写的是一部活色生香的人类文明史。多少热血男儿为江山社稷骨骼间大写着一个人字，多少女人的柔媚哀婉化作绕指的一缕月色。

夕阳古道边，故国山河在。唐诗宋词婉转出啾啾鸟鸣，呆萌的我眼前一弯明月从李白的“花间一壶酒”到李煜的“无言独上西楼”，浸润着仙气和灵气，让站在窗前看月亮的我一时间忘了哪是哪、那又是哪儿的月亮。一部《诗经》让我嗅到了原始植物的气息，“参差荇菜，左右采之”，“采采卷耳，不盈顷筐”，采呀，采荇菜；采呀，采卷耳。如采荇菜、采卷耳一般朴素而美好的爱情，在劳动中带着血液奔涌的红晕，带着汗水结晶的盐，如心底喷涌而出的一道彩虹。

从“哀民生之多艰”认识屈原，读懂屈原，我只用一个字“疼”，喊不出声来的疼。这个被浪漫与现实弄得彻底乏力而绝望，一生颠沛流离，惨遭小人迫害，还在用心用命用笔呐喊和悲愤的诗人，趁着今夜我种的玫瑰花开了，我要给您戴上一朵，然后给您斟上一碗酒，说：“大诗人，安息吧！”

前两天看纪念《白鹿原》作者陈忠实的文章，这个喜欢用陕语土话骂人的汉子一句：“你懂个锤子？”让我一下子喜欢上了这老头儿。《白鹿原》以前看过，恨不能马上又找来再细读一遍。

古代女词人我喜欢李清照，国外女作家、诗人我喜欢伍尔芙和阿赫玛托娃，中国当代女作家我最喜欢迟子建，她写的每一篇文章恨不得都找来读。迟子建写她丈夫出车祸去世，那部被摔落在草丛里的大哥大，她每天都会无数次去拨那个号码；那个号码一开始还提示“您所拨打的电话暂时无人接听”，再后来是忙音。看到这里，我的眼泪如洪水般奔涌而出，我看到了她心里缺了一块儿的那个洞，怎么补也补不上了。文字是最好的纪念，那个走了的人永远活在她文字的温度里，不蒸发，不冷却。

阅读是一种坚守，坚守是对余生岁月的承诺；阅读是一种修行，修行是对身心的沉淀和淘洗；阅读是世界的简与爱，是生活的俭与爱，是心灵的剪与爱。

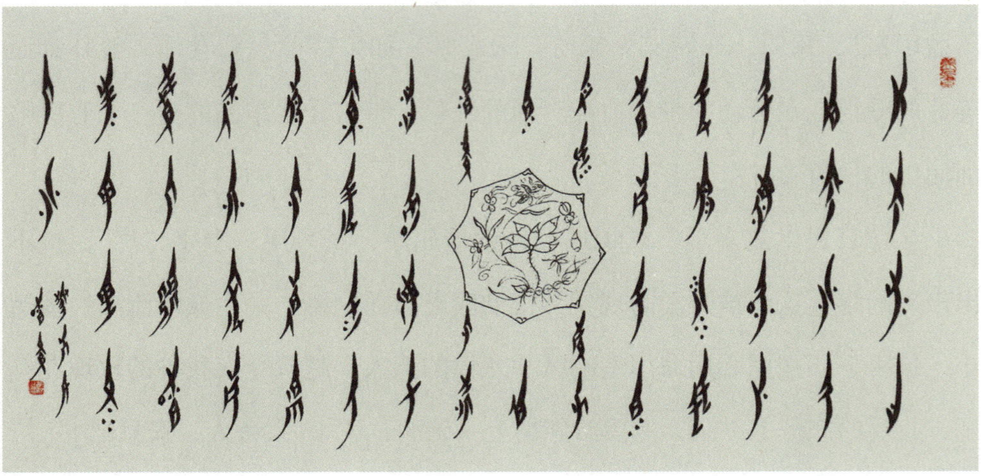

《江永女书》（女书）胡欣　湖南省永州市江永女书生态博物馆　优秀奖

时光留在茶香里

◇姜皓雪

自从过了27岁生日，我确实感觉到了时光匆匆。发际线不断后退，眼角纹隐约可见，法令纹也暗暗有了轮廓。镜子前，似乎我不再是我，而是一位年龄写在脸上的老阿姨了。于是，我慌忙去商场买了一大堆护肤品，仿佛它们就是我抓住青春尾巴的唯一希望。自此，每天打理这张脸我得耗上一半的休息时间。卸妆、洁面、敷面膜、拍水、抹眼霜、拭精华、涂乳液、搽面霜，八道工序只多不少。若是再加上化妆，那就还得喷防晒、搽隔离、上粉底、描眼线、勾娥眉、扑胭脂、画口红……如此下来，才能大方自信地要求那些喊我“阿姨”的小孩改口喊“姐姐”。

最近，我总爱想起朱自清《匆匆》里的那段话：“燕子去了，有再来的时候；杨柳枯了，有再青的时候；桃花谢了，有再开的时候。但是，聪明的，你告诉我，我们的日子为什么一去不复返呢？”我害怕青春不在，时光流逝，叹息着花落颜色改，伤感着人生安得常少年。朱颜若凋，我该如何是好？若是真成了贾宝玉口中“鱼眼睛”般的人物，恐怕自己便也容不得自己了。

《好书共读　文明家庭共建》（水彩画）　葛倩
潍柴动力（潍坊）集约配送有限公司
三等奖

听说喝茶可以延缓衰老，我像是获得了永葆青春的秘诀，竟日日喝起茶来。不知是茶多酚起了作用，还是心境发生了变化。时间于我而言，似乎多了某种意趣。而这般兴味又是匆忙的都市生活最好的调剂。

大城市的工作是繁忙的，泡茶似乎成了我忙里偷闲的借口。起初，我是不喜茶叶的苦味，青碧色的茶水除了好看却不得我心。直至我因周末加班而心生埋怨，趁着闲暇时喝茶发呆，才感受到那苦中带涩的滋味经由唇齿淌过咽喉之后的回甘，原来苦茶也有微甜的瞬间。我凝视着手中的茶杯，想着这些年来不停地奔波，似乎我已经忘记了面对自己。我放下了我最爱的绘画，就因为它耽搁了我的业绩；我不再去电影院看新上映的电影，就因为它不会带给我任何经济效益。我忘记了少年时感动于荷尔德林“人，诗意的栖居”的诗句，也忘记了青春期渴望生活在“瓦尔登湖畔”的幻想。生活的枯燥烦琐让我不认识现在的自己，也疏远了曾经形影不离的朋友。

这座城市那么大，我大概快三年没有约过好友见面聊天了。我繁忙着，他们也繁忙着。我们看似在同一个地方，其实大家却相隔天涯。喝着茶，我想起了周作人曾说：“喝茶当于瓦纸窗下，清泉绿茶，用素雅的陶瓷茶具，同二三人共饮，得半日之闲，可抵十年的尘梦。”

见昔日之友，恰如时光可以倒流。周末，我约上了三两位好友，同他们在老茶馆坐坐聊聊。他们笑我老了，竟找了个多是老年人喝茶的茶馆。我微笑着点点头，并没有否认他们的玩笑，感叹着说了句，时光静止在这里。而后，我们相顾无言却又灵犀相通了。

老茶馆里没有了灯红酒绿的城市喧哗，却饱含着品味生活的繁华。茶香氤氲，杯盏间溢满浮生沧桑。坐在茶馆的角落，看着茶壶里腾腾而起的白雾，我竟忘却了素日里不解的烦愁。茶苦方觉人生甜，心静乃闻世间香。茶馆里来往的茶客，定不为其他，只为此处片刻闲暇。倏忽间，我想起了“晴窗细乳戏分茶”的诗句。经历了半生磨砺的陆游，他或许在煮水、沏茶、撇沫、品茶中获得了时间上的安宁吧！

好友说，我和大学刚毕业那会儿没什么变化，并没有因城市的竞争而变成了惊弓之鸟。我没有去解释，只是劝慰他们也可以偶尔停停前进的脚步，看看身边的风景。他们都叹息着摇摇头，倾诉着生活的压力逼迫他们不断前行。我笑着问他们：“是不是觉得时间过得跟跑马似的快？但如今的自己依然一无所成却又年岁渐长？”他们无奈地点点头，惶恐的脸色与前些时日害怕衰老的我一模一样。我小啜了口茶水，待清淡温暖的液体浸润我的心肺，方才想出一句宽慰自己和别人的话："或许我们可以等等自己。"

时间从不会停下来等谁，但你自己可以等等自己。从苦中寻找到乐趣，光阴也就不会在你身上刻下太多痕迹。我愿意重新拿起画笔，重新走进影院，重新整理不肯老去的自己。青春的面貌虽留不住，但我可以留住青春的气息。我接受岁月带来的皱纹，但我拒绝毫无灵气的"鱼眼睛"。

时光留在茶香里，任世间花草盛开凋零，缥缈的茶香却能不分节气。我舒适地倚靠着竹椅，看着青翠的叶片在清水里沉浮舒张，听着茶馆里来往过客的闲言碎语，仔细体味着时光放慢后的情趣。

又是一年芳华

◇闫语

《莲塘映翠》（工笔画） 李海芳
河南省驻马店市上蔡县交通运输局执法所
优秀奖

清晨，当我醒来的时候，发现自己正沐浴在一缕温暖的阳光里。这是新年里的第一缕阳光，透过窗子望出去，一轮暖阳正在新年的上空照耀着。显然，新的一年已经开始了。

女儿跑过来，抱住我，随即从外面传来了鞭炮的轰响。我用双手迅速捂住了女儿的耳朵。鞭炮声一阵接着一阵，间或响起礼炮的巨大声响。侧耳细听，孩子们的嬉笑打闹声和着那一阵阵鞭炮声，夹携着新年的味道弥漫在空气里。听到这样欢快的声音，只一会儿工夫，每个人的身心都会被这浓浓的年味浸润了。

孩提时代，我时常在梦的牵引下飞翔在新年的天空中，门楣上那一幅幅崭新的对联都是我和爸爸完美合作的成果。之后，妈妈会给我穿上崭新的衣服，再给我梳个漂亮的小辫，然后笑着说："可爱的小公主，新年好！"我也会搂着妈妈的脖子说："可爱的妈妈，新年好！"一旁的爸爸一脸醋意地说："还有我呢！"这个时候，要是有人问起我喜欢什么，我会毫不犹豫地说：喜欢过年。

《家》（黑白装饰画）尹雨雨
湖南常德市石门县壶瓶山镇完全小学
优秀奖

多年后，这样的瞬间总会被远离父母的我一次次放大，每放大一次，我的心就如同打翻了五味瓶，莫名地伤感。

这时候，女儿一边拉着我的手，另一边拉着爸爸的手，兴奋地说："咱们去拜年吧！"走出家门的瞬间，昨夜的一场雪正站在新年的早上注视着我们。是新年注定了这场雪，还是这场雪让新年不可避免？新年是一幅画卷，而关于雪的描写是另一幅画卷吗？当我想同时拥有过去和现在，我就会同时丢掉了这里和那里吗？热气腾腾的饺子刚刚从锅里捞出来的时候，我就迫不及待地拿了一个迅速地放进嘴里，还没有来得及咬上一口，就被烫着了。女儿看见了，也学我的样子用小手去拿饺子，刚拿起来就不得不立刻松手，饺子掉在了地上了，她就奶声奶气地大喊着："烫，烫……"

雾气缭绕中，我的思绪瞬间就回到了家乡，妈妈的身影已经依稀眼前，依旧是那一声声充满心疼的埋怨："让你慢点儿吃，你就是不听！"然后就用她那双长了老茧的手，给我夹起一个馅最大的饺子，在嘴边反复地吹着，吹凉了，再放进我的嘴里，然后满脸笑容地问："好吃吗？"

于是，我也学着妈妈的样子，夹起来一个最大的饺子，吹凉了，再给女儿吃。女儿吃着饺子，美滋滋地说："妈妈，你包的饺子真好吃！"

亲情是我们无法割舍的情缘，对于亲人的思念，又总是会在适合的时间里恰到好处地燃烧起来，无论我们长多高走多远，在父母眼里，我们永远都是那个长不大的孩子。烟花开满夜空的时候，女儿拉着爸爸的手欢呼雀跃着，就好像儿时的我一样，总是缠着爸爸放鞭炮。在我的记忆中，只有放鞭炮的时候，爸爸才会放下一年来的沉重，像个孩子一样开怀大笑；而妈妈也会站在稍远的地方，看着我和爸爸，一脸的幸福与满足。

又一个烟花招摇着飞上了夜空，一声巨响把我从回忆中拉了回来。我看见四周都是熟悉的身影，或纯真而富于活力，或凝重而承载热量，纯粹与豁达溶解在这一幅幅经典感人的画面里。于是，一朵朵五彩的烟花开满了新年的夜空，而夜空下的人们，满脸的沧桑变成了美丽的笑容，生命中的苦痛与挣扎，也在这样的夜色中得到了完美的解脱。新的一年，像思念一样漫长；新的一年，像日子一样匆匆，我们眼里心里的新年是和春天一起到来的。关于新年，关于春，大师们的描写已烂熟于心。那欢快的节奏，那拂面的温柔，与人无约，却也如期而至。新年，一个过去的结构，一种想念的疼，每书写一次，都会揭示一种全新的情感。一个把新年写上一千遍一万遍的人，字里行间无尽的距离，就是一个人的跋涉吧？那写不尽也要反反复复诉说的思念呢？

新年过后，风会慢慢地柔和起来，阳光会慢慢地灿烂起来，冰雪消融的大地上，花草也攒足了力气，去赴春天的约会。“万草千花一晌开”，又是一年芳华。